成千成万的先烈,为着人民的利益,在我们的前头英勇地牺牲了,让我们高举起他们的旗帜,踏着他们的血迹前进吧!

——毛泽东

张学华
曹荣生◎著

铁血忠魂
曹官记

河南人民出版社
·郑州·

图书在版编目（CIP）数据

铁血忠魂曹官记 / 张学华，曹荣生著. -- 郑州：河南人民出版社，2024.8. -- ISBN 978-7-215-13587-1

Ⅰ．I25

中国国家版本馆 CIP 数据核字第 2024EP5540 号

河南人民出版社 出版发行

（地址：郑州市郑东新区祥盛街 27 号 邮政编码：450016 电话：0371-65788055）
新华书店经销　　　　　　　　　河南锦华印务有限公司印刷
开本　710 mm×1000 mm　　　　　1/16　　　　　印张　13
字数　200 千
2024 年 8 月第 1 版　　　　　　　　2024 年 8 月第 1 次印刷

定价：29.00 元

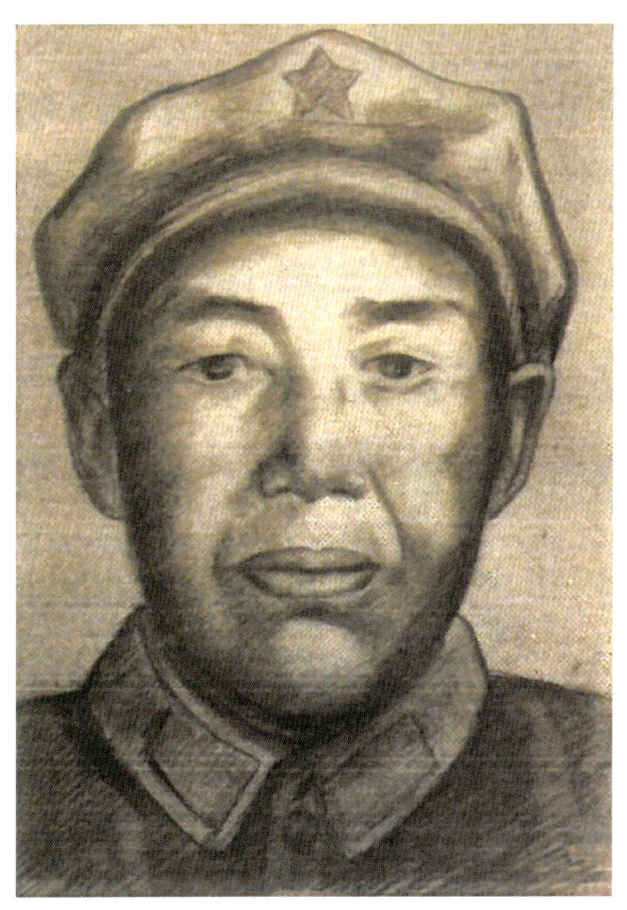

曹官记（1904—1933）

曹官记烈士塑像

序

徐小岩[①]

由军史作家和革命烈士后代创作撰写的《铁血忠魂曹官记》一书，河南人民出版社已编审完毕，决定正式出版发行。该书是首部全景式讲述曹官记前辈革命生涯的长篇纪实文学，是一部党史学习教育和开展学习贯彻习近平新时代中国特色社会主义思想主题教育收获成果展现的作品，是一部尘封90年和跨越两代人昼想夜梦而弥足珍贵的作品，是一部庆祝中华人民共和国成立75周年、向红二十五军长征出发90周年献礼的作品。这部书的出版，为我们送上了一份思想盛宴和爱国主义教育的精神大餐。

鄂豫皖革命根据地是中国共产党在湖北、河南、安徽三省交界地区实行工农武装割据而建立的苏维埃政权区域，由鄂豫边、豫东南和皖西三块苏区发展而成。1931年红军第四方面军成立后，连

---

① 徐向前元帅之子，中将军衔。曾任全国政协委员、解放军总装备部科技委员会副主任。

续打破国民党军"围剿",使苏区总面积达4万多平方公里,拥有26个县苏维埃政权,人口350余万。这一区域可谓鄂豫皖革命根据地的发源地、战斗地、转折地、决策地、集结地和出发地,是革命的摇篮、红军的故乡。

在中国共产党领导下的人民军队,始终英勇投身于为中国人民求解放、求幸福,为中华民族谋独立、谋复兴的历史洪流,始终同中国人民和中华民族的命运紧紧连在一起。在血与火的战争岁月里,苏区人民和各支红军部队不屈不挠、不畏牺牲、并肩战斗,为中国革命胜利作出了重要贡献,在中国革命史上矗立起不朽的丰碑。

我的父亲徐向前一直怀念着这片他流血战斗过的红色土地,一直怀念着与他并肩战斗的战友和先烈们。这片红色热土,涌现了一大批彪炳千秋的著名革命家和英雄烈士,流传着许多可歌可泣的动人故事,大别山人民的优秀儿女、光山独立团团长、红二十五军特务三大队大队长——曹官记烈士,就是其中一位最闪耀的红星。

预祝该书顺利出版,让更多青年人和孩子们了解、熟悉革命前辈的奋斗历程。讲好中国故事、传播好中国声音,从弘扬革命文化中汲取砥砺奋进的精神力量,正是出版这本正能量满满的励志好书的初心。

出版这本书实属不易,革命烈士后代持之以恒,为此收集整理曹官记烈士素材,耗时近60年光阴。这次,特邀军史作家深入创作一线,通过观看当地展览馆、纪念馆、纪念碑、烈士陵园等处的实物、史料、照片、油画、场景、微电影、沙盘模型等,考察鄂豫皖苏区一系列重大事件、重要战役、重要会议的发生地等，寻访历史遗迹、革命遗址、名山大川以及当地的口碑传闻等，阅读大量史书、史志、史料以及别史、杂史、史钞、传记、方志、回忆录、采访录等，让曹官记烈士的历史"风骨"得以真实再现，实现了永恒的历史与奋进的现实之间的一次"握手"，让红色故事唤醒沉睡已久的记忆。

《铁血忠魂曹官记》通过一个个跌宕起伏的革命传奇故事，一段段历久弥新的心路历程，一幅幅气壮山河的英勇壮举的画卷，一曲曲刻骨铭心的战斗长歌，为苏区英雄儿女树碑，为党的历史留痕，为伟大时代讴歌，为中华民族精神铸魂。努力讲好"党史里的红色故事"，再现"红色故事里的党史"，使读者身临其境，感同身受。

"为有牺牲多壮志，敢教日月换新天。"烈士的精神、烈士的事迹是我们建设社会主义物质文明、政治文明、精神文明、社会文明、生态文明的宝贵财富，是我们进行爱国主义、社会主义、集体主义教育和革命传统教育的好教材。继承和发扬烈士的光荣传统，让我们高举起先烈们的旗帜，发扬光大烈士精神，不忘初心使命，沿着先烈们开创的革命事业薪火相传、血脉永续。

对英雄事迹的每一次深情回望，都是思想的提纯和精神的洗礼，都是心灵的感悟和信念的传承。我们要增强"四个意识"、坚定"四个自信"、做到"两个维护"，踔厉奋发、勇毅前行，为全面建设社会主义现代化国家、全面推进中华民族伟大复兴作出新的更大贡献。

目　录

序　　章 / 1

第 一 章　发轫之始 / 5
　　　　　1904 年 10 月白雀园

第 二 章　智勇双全 / 15
　　　　　1927 年 4 月白雀园·老君山

第 三 章　商南惊雷 / 23
　　　　　1929 年 6 月商南·白雀园

第 四 章　武装割据 / 33
　　　　　1929 年 5 月赛山寨·大山寨

第 五 章　引蛇出洞 / 43
　　　　　1931 年 2 月双桥镇·白雀园

第 六 章　伏虎降龙 / 55
　　　　　1931 年 11 月黄安·苏家埠

第 七 章　兵临城下 / 69
　　　　　1932 年 6 月七里坪·河口

第 八 章　孤军御敌 / **87**
　　　　　1932 年 10 月四姑山

第 九 章　绝地反击 / **99**
　　　　　1933 年 3 月鄂豫皖边

第 十 章　效命疆场 / **111**
　　　　　1933 年 5 月七里坪

第十一章　望云思亲 / **125**
　　　　　1933 年 6 月白雀园·倒水河

第十二章　向死而生 / **139**
　　　　　1933 年 7 月黄土岗·宋埠

第十三章　英勇就义 / **151**
　　　　　1934 年 2 月宋埠

第十四章　感谢党恩 / **161**
　　　　　1949 年 10 月光山

第十五章　魂归故里 / **169**
　　　　　1988 年 4 月宋埠·白雀园

第十六章　不忘初心 / **179**
　　　　　2019 年 5 月武汉·白雀园

主要参考资料 / **193**

后　　记 / **197**

序 章

序　章

巍巍大别山，雄踞于长江、淮河之间，绵延八百里，横亘在鄂豫皖三省交界处。这座巍峨的山脉，如历史的丰碑，铭记着鄂豫皖军民英勇斗争的事迹。

大别山是一座红色的山、英雄的山、革命的山。在土地革命战争、抗日战争和解放战争艰苦卓绝的斗争中，它的毅力和坚持铸就了以大别山为中心的鄂豫皖苏区，铸就了28年红旗不倒的历史传奇，为共和国的诞生奠定了坚实的基础，是中华人民共和国成立的前奏与序曲。

20世纪20年代初，在中国共产党领导下，大别山地区的革命斗争从星星之火逐渐发展成了燎原之势。这里留下了董必武、周恩来、刘伯承、邓小平、李先念等老一辈无产阶级革命家的战斗足迹，走出了徐向前、陈赓、王树声、许世友、洪学智、李德生等469位共和国开国将帅，光山籍杰出代表尤太忠、万海峰、钱钧等军队将领名列其中，他们为中国革命的胜利作出了巨大贡献。

诞生于鄂豫皖苏区的中国工农红军第二十五军，是大别山区革命武装斗争的"虎贲之师"。在鄂豫皖革命斗争和长征途中以及中国革命伟大历史进程中，表现出了"坚守信念、胸怀全局、团结奋进、勇当前锋"的大别山精神，也生动诠释了"不怕牺牲、坚韧不拔、百折不挠、克服困难"的长征精神。

中华人民共和国成立后，从红二十五军队伍中走出了徐海东、刘华清、韩先楚、刘震、陈先瑞、吕清、王诚汉、傅家选等97名开国将军，还有程子华、郑位三、郭述申等转入地方工作的68位省部级干部。红二十五军功勋卓著、彪炳千秋，毛泽东主席称赞其"为中国革命立下了大功"。

在艰苦卓绝的革命战争年代，大别山人民在党的领导下，浴血奋战、前赴后继，先后有200多万人参军参战，有近百万人为革命抛头颅、洒热血，为新中国的成立献出了宝贵的生命。仅光山登记在册的烈士就有130351人，为中国解放事业而献身的光山籍及在光山牺牲的革命烈士就有171930人。

人们不会忘记，在那个风雨如晦的时代，英雄们为了民族自强前赴后继、上下求索，殚精竭虑，虽九死其犹未悔。

我们必将牢记，是他们用英勇和鲜血，为苦难的中华民族求得新生；是他们用生命和无畏，捍卫了国家和民族的尊严；是他们用钢铁身躯托举积贫积弱的中国走向解放、独立、富强；是他们用热血铸就的爱国情怀、民族气节、英雄气概，构成了中华民族的精神坐标！

大别山人民的优秀儿女、光山独立团团长、红二十五军特务三大队大队长——曹官记烈士，就是从枪林弹雨中走出来的一位铁血忠魂的英雄。

第一章 发轫之始

1904年10月白雀园

第一章　发轫之始

这是一处有着悠久历史的城镇。光山白雀园流传着一个美丽的传说，明朝万历十年（1582年），赛、龙、付三姓人家结伴行商，来到这一带定居，被称为"付家村"。当时，在付家村的周围有大片竹园环绕，每当春夏时节，就有大量白毛红嘴的白鹇鸟来此居住。人们认为，鸟儿具有灵性，愿意选择付家村为家，说明这里是个好地方。于是人们商议，决定将付家村改名为"白雀园"。

白雀园位于大别山北麓、光山县东南部，淮河支流白鹭河畔，在豫南光山、潢川、商城、新县四县接合部，扼鄂、豫、皖三省要冲。

自古白雀园商贸繁荣，明清街店铺鳞次栉比，是晚清时期南瓷北运、北布南销的小商品集散地，街内商贾云集、工艺齐全，素有豫南"小汉口"之称。

古镇白雀园，距光山县城东南约30公里，位于鄂、豫、皖三省交会之地。早在唐宋时期就逐渐形成集市雏形，至明清之时这里已是商贾云集的水陆重镇。

它东接商城、北邻潢川、南与新县接壤，隶属光山县，与四县县城之间几乎是等距离。这里，地处南北分界线，山清水秀、四季分明、物华天宝、人杰地灵；一条自南而北的白鹭河蜿蜒绕城而过，地理位置十分优越；历代名人辈出，特别是清中晚期至中华人民共和国成立期间，白雀园风流人物如井喷般涌现出来。

在历史时代的独立性与延续性之间，看似存在着一个矛盾，即作为一个不依赖任何东西而独立存在的历史时代，又不可避免地受到其前一时代乃至更早时代的深刻影响，并且又给其后来的时代施以影响。既然历史事件之间存在着一定的内在联系和因果关系，我们不妨先看看中国近代史与天下大势的因果关系。

20世纪初，"风云突变，军阀重开战。洒向人间都是怨，一枕黄粱再现"。军阀混战的重灾区有3个省地处中国中部地区——鄂豫皖。这一带军阀连年混战，帮会组织和土匪组织的欺凌压榨，盗匪纵横，溃兵流匪到处烧杀淫掠，社会矛盾极端复杂和日趋尖锐，人们蒙受深重的灾难。

中国农民运动的杰出领袖彭湃在《海丰农民运动》中，描绘了在帝国主义、军阀和封建大地主的残酷压迫下，农民生活的惨状：

> 我们每每见农村小孩穿的衣服，多数有了数十年的历史，经其祖宗几世穿了遗留下来的，补到千疮百孔，硬得如棺材一样。儿童因为失了营养，所食的是芋和菜叶之类，所以儿童的手足，都是瘦到和柴枝似的，面青目黄，肚子则肥涨如兜肚状，屁股却小得怪可怜，屎与鼻水终日浸着，任苍蝇在目边口角上体操，都不会知觉把手动一动！……农民这样把生活费减少而压迫父母妻儿仍是不能填无底

第一章 发轫之始

> 深渊的亏空，仍不能餍地主们享福的欲望，乃更进一步用嫁卖妻儿的办法以抵租债，妻儿卖尽，问题就发生在他的本身，遂不得不逃出农村，卖身过洋为猪仔，或跑到都市为苦力，或上山为匪为兵，总是向着"死"的一条路去！

在这个大的时空背景下，任何人都难逃悲惨的社会命运。曹官记（又名曹观继）1904年10月6日出生于豫南光山县白雀园一个贫农家庭，排行老二，上有一个哥哥曹观荣，下有一个妹妹曹观青。

因家庭贫困潦倒，终日吃糠咽菜，在这贫困交加下，父亲曹庆山和母亲张氏商量决定，把曹官记过继给自家二哥曹庆善、二嫂冯氏，"官记"（观继）的名字由此而来。

二哥曹庆善、二嫂冯氏一家也是入不敷出、身无分文，却对他百般怜爱、视如己出，曹官记也对伯婶十分孝敬，称之为爹娘。

曹官记从小练就了一身过人的本领：他的水性很好，白雀园原来100多米宽的西塘，他可以一口气潜游到对岸；他爬树本领也高，十几米高的树眨眼工夫可以从下爬到树顶；他眼力非常敏锐，打弹弓能百发百中……

曹官记的亲生父母与养父母在白雀园街上以炸油货做面食买卖为主要生计，兄弟两家和睦相处、相依为命。官记从小十分懂事，起早贪黑干活，白天提着熟食筐沿街叫卖，晚上再到戏园子、赌场提篮叫卖，以补贴家用。由于官记生性聪明、机灵勤快、老少无欺，又肯帮助周围的穷人，大家都喜欢买他家的熟食。

谁知天有不测风云。1913年曹庆善和冯氏因贫病交加先后去世，曹官记不得已回到亲生父母曹庆山、张氏身边。突然的变故，加之妹妹曹观青的出生，家里一下子多出两口人吃饭，顿时陷入了衣不遮体、食不果腹的境地。官记只念了一年私塾，便被迫辍学。

曹官记勤劳肯干、为人正派、忠肝义胆。白雀园街上的商户孔祥树看着官记从小长大，非常喜欢这个后生，就把自己的大女儿孔令青许配给了他。1924年春，曹官记与她成亲，开始了自己的家庭生活。

婚后的生活十分艰辛，由于国民党苛捐杂税太重，这些杂七杂八的"各项捐税"，多得无法想象。什么牲畜正税、籽花税、屠宰税、牲畜牙税、棉花牙税、花籽牙税、油饼牙税、瓜果菜牙税、粮行牙税、木行牙税、布牙税、花生牙税、煤炭牙税、油皮麻绳牙税、买契税、典契税、契纸税等，名目繁多的苛捐杂税多达40种。

这些税目让人眼花缭乱，压得人喘不过气来。曹官记一家人虽长年拼死累活地劳作，还是难得温饱。随着曹官记孩子的先后出生、家庭人口的增多，生活变得更加艰难，难以维持，曹官记经历了艰难的贫困和磨难。茫茫黑暗，即便是再微弱的光亮，也都能给人以希望，然而这希望又在何处？

骐骥过隙，转眼进入1925年春夏，突然平地一声雷。在豫南的城镇和农村，马列主义的书刊《共产党宣言》等油印本、传抄本广为流传；十月革命的信息被当作"庶民的胜利"受到工农群众的推崇，中共的宗旨和主张与"三民主义"之类的标语、传单路人可见；"打倒帝国主义""反对不平等条约""禁销洋烟洋货"的口号，伴随着文明戏的台词和山歌、民谣的传唱，此起彼落……

第一章　发轫之始

曹官记与很多青年一样,听到的、看到的世界跟以前完全不同,这些令其感到新鲜刺激,跃跃欲试。

大街上,青年男女手拿进步刊物饶有兴趣地边走边读:"共产党人不屑于隐瞒自己的观点和意图。他们公开宣布:他们的目的只有用暴力推翻全部现存的社会制度才能达到。让统治阶级在共产主义革命面前颤抖吧。无产者在这个革命中失去的只是锁链,他们得到的将是整个世界。全世界无产者联合起来!"曹官记与其他人探讨着、议论着、思索着未来,不时交换着期盼的目光。

又是一年花开时。1926年7月,国民革命军挥师北伐,中国共产党迅速发起声势浩大的反帝反封建运动,这场运动很快由城市蔓延到豫南农村。这期间,一大批光山籍革命青年学生,从武汉、广州等城市回到自己的家乡,他们利用谈天、串亲戚、交朋友的方式,向当地农民宣传革命道理。

当时,到处可以听见低沉有力的口号:"打倒帝国主义!""打倒军阀!""打倒土豪劣绅!""取消苛捐杂税!实行减租减息!"这些口号,使穷苦农民心中的反抗怒火"腾"地燃烧起来。

白雀园突然出现平民夜校,这是共产党员回到家乡开办的,每晚都是人头攒动。"平民"就是普通老百姓,"夜校"就是晚上开办的学校。农民进夜校一不收费,二不耽误农活,三可以读书识字,宣传革命。一般农忙时三六九上学,冬春农闲时每晚都开课,这就是那会儿的"平民夜校"。

一名共产党员的老师向老实巴交的农民以反问的方式提问:我们这些种田佬,一年三百六十五天,没日没夜地干活,为什么大家还缺吃少穿、挨冻受饿呢?

众人先是面面相觑，随后是一片叽叽喳喳的议论。有人说，那还不是我们穷人的八字不好；有人嘟囔，我们生来命就苦，是穷人的坟山不好，风水不济。

老师微笑着摇头告诉乡亲们，不是我们八字命不好，命里注定；更不是坟山所应，天生逆来顺受，而是这个世道不好。他叫大伙想想，地主老财横行乡里，巧取豪夺，才使农民失去赖以生存的土地。地主花天酒地，衣食无忧，农民反而要向地主年年交租，穷人之所以受穷，是被地主压榨剥削的结果。

曹官记懂得了"穷苦大众只有跟着共产党闹革命，才能砸烂旧世界翻身做主人"的道理，按捺不住地问："老师，我们能翻身吗？"

老师斩钉截铁地告诉这些穷乡亲："只要我们成立自己的农会，大家抱成团，推翻这个吃人肉、喝人血的社会，翻身绝对是可以的！"当时在光山一带广泛流传着一句流行语："人穷不是命注定，要找出路去革命！"

太阳的霞光尽染无余，轻舒漫卷的云朵缓缓移动。白雀园墙上赫然写着：

山歌唱来闹连连，打倒地主要分田。
工农翻身做了主，保佑共产党万万年。

曹官记积极参加地下党组织安排的活动，率先在白雀园走上了革命的道路。在他的带动下，进步青年的革命热情十分高涨，他们纷纷参加活动、张贴宣传共产党的标语、组织家庭做鞋和鞋垫送给农民自卫军。

第一章　发轫之始

他带头同地主豪绅作斗争，反对他们的高租重苛和囤粮放贷，在惩治地主豪绅的斗争中得到锻炼，增长斗争才干。曹官记渐渐树立起革命的远大理想，明白"无产阶级只有解放全人类，才能最终解放自己"。他毅然决然地参加赤卫军。

当时发源于光山的《光山把党兴》，这样传唱着红色民谣：

民国十八春，
光山把党兴，
工农群众才觉醒。
参加革命军，
就把土地分。
打倒土豪和劣绅，
夺取政权来，
人民喜开怀，
红日高照鲜花开。

那是他终生难忘的一个夜晚。1927年8月，经过地下党组织的批准，曹官记秘密地加入了中国共产党。在与共产主义者接触的过程中，他受到教育和感化，产生对新世界的看法，逐步成长为拥抱新世界的觉醒者，在关键时刻作出了顺应历史潮流的正确抉择，最终加入建设新世界的滚滚浪潮中。

曹官记进步很快，已担任白雀园区赤卫队队长。职务是一种沉甸甸的责任和使命，他必须具有敢打必胜的精气神和超越自我的大气魄，才能带领赤卫队去完成更加艰巨的任务。

面对敌强我弱、敌优我劣的残酷现实,曹官记在斗争中如何成长?

第二章　智勇双全

1927年4月白雀园·老君山

第二章 智勇双全

风云变幻，苍黄翻覆。1927年蒋介石在上海发动四一二反革命政变，以汪精卫为首的武汉国民政府也逐步走上公开反共的道路。武汉国民政府发布命令，要国民政府领域之内的共产党员"务须洗心革面"，一经拿获，即行明正典刑，"决不宽恕"。

汪精卫集团在武汉地区开始搜捕、屠杀共产党人、革命人士和工农群众。随着汪精卫集团的叛变，国共两党的合作彻底破裂，轰轰烈烈的大革命宣告失败。

一时间，神州大地笼罩在腥风血雨之中，中国共产党面临被赶尽杀绝的严重危险，中国革命处于命悬一线的紧要关头。

中共中央政治局于1927年8月7日在汉口召开紧急会议。会议正式确定实行土地革命和武装起义的方针，并把领导农民进行秋收起义作为当前党的最主要任务。

毛泽东出席这次会议，并提出了著名的"枪杆子里面出政权"的论断，给正处于思想混乱和组织涣散的中国共产党指明了新的出路，开始了由大革命失败到土地革命战争兴起的历史性转变，党的工作重心由城市转向农村。

这时，农村斗争形势也日趋恶化，面对敌强我弱、敌优我劣的残酷现实，曹官记带领赤卫队转战来到大别山的老君山抗敌。

敌我双方在这一地区争夺得十分激烈，曹官记面临着严峻的考验，他决心以革命的武装反抗反革命的武装。

一天，艳阳高照。曹官记戴着草帽、弯着腰、卷着裤腿，在水田插秧，不时举手观望着路边的情况。不远处，两个团丁懒洋洋地斜挎着枪走了过来。前面的团丁哼着小调：

　　山歌好唱难起头，木匠难起凤凰楼。
　　铁匠难打铁狮子，石匠难打石绣球。

曹官记坐在路边，掏出烟锅抽起旱烟。团丁从曹官记身后漫不经心走过，曹官记倏然一跃而起，抡起锄头，砸在后面的团丁头上。团丁"哎呀"一声惨叫，昏倒在地。曹官记抓起枪，前面的团丁欲转身，枪管已抵住其腰间，"不许动，我是曹官记，动就打死你！"

团丁哀求："曹大队长，请饶命！"

曹官记厉声道："你俩干什么去？"

团丁吓得大惊失色地回答："今天是赵团总岳父六十大寿，我们是提前去帮忙的，赵团总和他的两位保镖随后就到。"曹官记把两个团丁捆结实，拉到后山藏起来。

曹官记又坐在路边，戴着草帽压得低低的，粪桶里装着黑乎乎的烂泥。威风八面的赵团总坐着八抬大轿，跟着的两名保镖大摇大摆地从曹官记身后走过。突然曹官记一个箭步冲到保镖跟前，把烂泥一手一把地甩在两个保镖的眼睛上。

第二章　智勇双全

保镖边擦眼边叫骂："谁啊！找死啊！"曹官记快速拽下保镖腰间的驳壳枪。轿夫们见此情景，大惊失色，撂下轿子，惊叫着四处逃散。

赵团总被摔了个狗吃屎，边爬边大声叫骂："谁敢在太岁头上动土，不知道马王爷有几只眼！"

曹官记一个箭步用脚踩住赵团总拿枪的手，用枪抵住他的头吼道："老子是曹官记！就敢在太岁头上动土。血债血还，今天是你的祭日！""砰砰"两声枪响，赵团总当场毙命。

大山深处，茅草房屋，吊床错落。突然岗哨高喊："曹队长回来啦！曹队长回来了！"曹官记背枪大步走来，战士们围住曹官记缴获的战利品，并挤揉叫嚷："让我看看，让我看看！"曹官记得意地憨笑。

战士："队长！这是什么枪啊？"

曹官记："这叫德国二十响，也叫机关炮。"

战士："就是小机枪吧？"

曹官记摸了摸头笑道："反正是这个意思吧！"

战士："队长！以前没枪就没胆，现在有枪就有胆。你带我们下山去，再干上他一票，咋样？"

众战士："对，下山再干上他一票。"

曹官记故意问："大家真想下山吗？"

战士们一挺胸："那还有假！"

曹官记伸出大拇指："有种！'兵不练不精，树不修不直'嘛，我们就是要在实际斗争中锻炼我们的队伍！"曹官记故作神秘，做了个让大家围拢的姿势："明天这样办……"

月黑风高的夜晚，深宅大院的房屋内，人声鼎沸，一群人围绕桌子，赌兴正浓。大地主兼资本家张伏地吆喝："快下、快下！我张伏地，今天高兴，不论下多少，我奉陪到底！"

戴着墨镜、一身富商打扮的曹官记挤入人群："既然这样，我也奉陪到底，老子把这个押上！"说罢，曹官记一脚踩着凳子，把枪摔在赌桌上。

这突如其来的一幕，让张伏地惊呆了，望着曹官记问："请问先生，高姓大名？有什么事，好说，好商量嘛！"

曹官记冷笑道："你不是四处派人要抓我吗？我自己送上门来的！"说罢，曹官记摘下墨镜，张伏地定睛一看："啊！"

众队员举枪怒吼："不准动，谁动就打死谁！"

曹官记一把揪住张伏地的衣领："张伏地，你作恶多端，我代表受压迫的老百姓，判处你死刑！"

"砰砰"两声枪响，张伏地倒地，鲜血四溅。曹官记用衣袖擦擦脸上的血迹，用手抓起一摞钞票："把这些钱都带走。另外，把张伏地家值钱的东西，统统没收。"

众匪吓得点头哈腰作揖："曹大队长，请饶命。我们没有做过坏事，也从来不想与赤卫队为敌啊！"

曹官记用手绢擦了擦枪口，吹了一下，说："我可以给你们一条生路，只要你们不再与赤卫队作对，与人民为敌，我就放了你们。但如果你们食言，就别怪我这枪口不认人了！"

众匪哆嗦着："再不敢了，再不敢了。"

第二章　智勇双全

曹官记厉声道："把枪留下，你们可以走了。"

众匪纷纷把枪支放在桌子上，曹官记头一偏，众匪惊恐地溜出了房间。曹官记往张伏地身上留下一张字条："如再有勾结白军与赤卫队作对者，照此下场！"

1927年的大革命宣告失败后，全国陷入一片白色恐怖。光山和白雀园的革命斗争也陷入十分艰难的境地，在极为困难危险的情况下，曹官记带领赤卫队，不得不东躲西藏，时而化整为零，时而集中统一，四处游击，给这一地区的群众极大的鼓舞和希望。

他们始终坚持以武装斗争为主要形式，以土地革命为中心内容，以农村革命根据地为战略阵地，取得了一个又一个的胜利。

微光穿云雾，坚定的信仰具有势不可挡的力量，每一份坚守都将汇聚为胜利的曙光，且看英雄如何做到长风破浪会有时，直挂云帆济沧海。

第三章　商南惊雷

1929年6月商南·白雀园

第三章　商南惊雷

在这密布的阴云之下,一场声势浩大的红色暴动即将爆发。1927年11月13日,湖北省黄安(今红安县)、麻城3万余名农民组成的自卫军和义勇军,在党的八七会议精神指引和中共湖北省委领导下,爆发了著名的"黄麻起义",打响了鄂豫皖地区武装反抗国民党右派的第一枪。

它是继中国共产党领导的南昌起义和秋收起义后,在长江以北地区首次举行的、规模最大的农民武装起义。它是中国共产党举起"以武装的革命反对武装的反革命"的大旗,是领导武装起义总体布局的重要组成部分。

"红军"一词始于何时？有的学者认为"红军"一词来自黄麻起义的一副对联。起义次日清晨,建立了工农民主政权——黄安县农民政府。当时黄安县城著名书法家吴兰阶兴致勃勃,挥毫疾书一副对联：

痛恨绿林,假称白日青天,黑夜沉沉埋赤子。
光复黄安,试看碧云紫气,苍生济济拥红军。

吴兰阶把这副对联贴在县衙大门两旁,表示颜色的10个词巧妙地镶嵌在对联里,唯独用红色象征革命部队农民自卫军。从此,"红军"的称号开始使用。

1928年4月,朱德、陈毅率领南昌起义保留下来的部队和湘南农民军到达井冈山,与毛泽东领导的秋收起义部队胜利会师,创建了当时最强大的一支工农武装——中国工农革命军第四军。5月25日,中央发布《中央通告第五一号——军事工作大纲》,明确规定:"可正式命名为红军,取消以前工农革命军的名义。"

"黄麻起义"的成功,揭开了鄂豫皖地区武装斗争、土地革命和苏维埃政权建立的序幕,为创建鄂豫皖革命根据地起了先导作用,也极大地鼓舞了豫南地区的革命斗争。

1928年6月,在光山柴山保(今新县)建立了鄂豫皖边区第一块革命根据地,不久,中国工农红军第十一军三十一师在光山柴山保建立。军长吴光浩兼任师长,党代表是戴克敏。

八七会议精神的鼓舞和"黄麻起义"的成功、柴山保革命根据地的建立,极大地推动了光山及周边农民革命斗争的发展。中共河南省委和各级党组织领导发动一系列工农武装暴动,但大荒坡武装暴动惨遭失败。

1929年3月13日,中共豫东南特委与中共鄂东特委在光山县南竹园(柴山保附近)召开联席会议,决定将中共商南组织暂时划归中共鄂东特委领导。一方面豫东南组织连续遭到破坏,另一方面由于鄂东黄麻起义的成功和红三十一师是该地区唯一的红军部队,豫东南特委希望在商南复制黄麻起义的成功经验并得到红三十一师军事的鼎力支持。

这次联席会议决定：把商城县南部、罗田县北部、麻城县东部划为特别区，成立中共商罗麻中共特别区委。这次会议后，鄂东特委徐子清、徐其虚受鄂东特委的指派，领导以商南为中心的武装起义。

此时的商南风声日紧，商城县国民党似乎有所察觉，加紧了"清乡"步骤，商南起义计划随时有暴露的危险。

5月2日，中共商罗麻特别区委召开太平山穿石庙紧急会议，决定改变原定于中秋节起义的计划，于5月6日（立夏节）提前举行。

这一天，月亮斜挂在天空，星星布满银河。穿石庙台上的松子油灯，映衬出徐子清、徐其虚、李梯云、周维炯、肖方、漆德伟、廖炳国、漆海峰等领导人刚毅的脸庞。

中共商罗麻特别区委书记徐子清神情严峻："同志们！不久前，敌人逮捕杀害豫东南特委派来的张廷桂、杨桂芳和县委委员马石生同志。最近，县委书记李惠民和丁树勋同志，也惨遭杀害。敌人四处跟踪我地下党领导人，企图破坏我特别区委会领导机关，扑灭商南革命烈火。"

中共商罗麻特别区委委员徐其虚："根据鄂东北特委指示，原定的中秋节暴动，现改为'立夏节'暴动。"

商南县团委书记周维炯义愤填膺："我们一定要为死难的烈士报仇！现在'不是鱼死，就是网破'！"

中共商罗麻特别区委委员、打入商城民团的漆德伟："我早就盼望这一天了！我已经在县民团组织了'兄弟会'，并秘密成立了党的支部，发展了部分党员。"

中共商罗麻特别区委委员、中共商南临时县委书记李梯云："武装暴动的联络代号定为：南溪叫海鸥，斑竹园叫海鹰，白沙河叫海潮。"与会者摩拳擦掌，兴奋异常。

商南起义能否成功，丁家埠民团能否起义成功涉及商南起义的全局。周维炯已在丁家埠民团秘密成立党的支部，发展了部分党员，其他民团成员大多是同情革命的。漆德伟在商城民团担任中队长，等待着时机成熟时，再把其他同志和同情革命的民团拉出来。廖炳国、漆海峰根据会议精神，负责联系各乡的党组织，叫他们做好起义的准备。商南起义正在紧锣密鼓地进行中，一切工作已经进入了最后的"倒计时"。

滚滚惊雷响彻豫南大地，商南起义获得巨大成功。与此同时，牛食畈、斑竹园、吴家店、南溪等地的农民武装也举行起义，并迅速解除当地民团的武装，控制了商南地区。起义武装汇集斑竹园，宣布成立中国工农红军第十一军第三十二师，周维炯任师长，徐其虚任党代表。

"商南起义"是继"黄麻起义"之后，大别山地区的又一次规模较大的武装起义，建立了红色政权和鄂豫皖第二支中国工农红军，因为这天是"立夏节"，人们也称之为"立夏节起义"。

"桂花月中落，天香云外飘。"1929年农历八月，正值大别山桂花盛开的季节，鄂豫皖苏区建立的第一个县级苏维埃政权——光山县委、县苏维埃政府，在柴山保大朱家宣告成立。会上，欢庆的人民群众和政府组织的宣传队，依据大别山"八段锦"民歌小调填词而来的革命歌曲《八月桂花遍地开》，第一次以大合唱的形式演唱：

第三章　商南惊雷

八月桂花遍地开,
鲜红的旗帜竖啊竖起来!
张灯又结彩呀,张灯又结彩呀,
光辉灿烂闪出新世界!
…………
亲爱的工友们哪啊,亲爱的农友们哪啊,
唱一曲国际歌,庆祝苏维埃。

这首著名的歌曲,生动再现了红军带领劳苦大众成立苏维埃政权的喜庆场面。曹官记耳濡目染这个盛大而又激动人心的场面,决心矢志不渝、义无反顾地坚持"要革命、不要钱、不要家、不要命"的大无畏革命精神,誓死保卫苏维埃政权,将革命进行到底!

此时曹官记已担任游击队队长,苏维埃政权的建立和商南起义成功的消息传达到游击队后,曹官记和游击队队员个个摩拳擦掌、厉兵秣马,准备与反动势力一决高下。

天边喷出一道灿烂的霞光,刹那间,天空都被染成了鲜艳的红色,似乎预示着一场红色的风暴即将来临。当晚霞渐渐收尽它的最后一抹余晖时,天地昏暗了下来。

按照上级指示,游击队已经做好了各项暴动的准备工作。只见曹官记手敲铜锣,高喊吆喝:"集合了,集合了!"人们手拿大刀、长矛、土枪、锄头等五花八门的武器,从四面八方朝打谷场跑来。

曹官记跳上石盘命令:"按照总指挥部的命令,今天晚上,我们要暴动,攻克白雀园。现在就开始行动,出发!"曹官记挥动着红旗,带领着1000多人走在队伍前头，众人激情饱满紧跟其后。

秋夜，银河繁星灿烂，弯月在西南天边静静地悬挂，清冷的月光洒下大地。旷野上响着秋虫的唧唧令声、蝈蝈的伴奏声，此唱彼应。柳树静静地垂着枝条，土路笼罩在阴影野草中。

远处，火光闪烁，天际相连。人群浩浩荡荡，由远及近走来，脖子上红色赤化带迎风飘动，左臂系着红布条，手持来复枪、撇把子、长矛、大刀、锄头、土铳、扁担、渔叉……万众高唱《暴动歌》：

> 暴动，暴动！工农打先锋。拿起刀和枪，一同去进攻！
>
> 暴动，暴动！哪怕白匪凶。拼出一条命，勇敢向前冲！
>
> 暴动，暴动！天下归工农。再不当牛马，要做主人翁！
>
> 暴动，暴动！共产党指引，前仆又后继，革命定成功！

此时，修城建寨的白雀园，为防"赤匪"袭扰，设东、南、西、北四门，东门为朝阳门、南门为正午门、西门为迎薰门、北门为承恩门，外加小西门和小南门，城外护城河环绕，可谓固若金汤。

突然，白雀园城枪声大作，火光冲天，划破了寂静的夜空。起义军有的爬梯子攻城，有的用撞车撞击城门，有的用铁器挖掘城墙，有的用枪向城墙上的敌人射击……

曹官记和敢死队队员匍匐前行，靠近城墙站立。曹官记看看怀表，挥手攻城。云梯已架上城墙，曹官记手持大刀第一个往上爬，敢死队队员紧跟其后……

城墙上，敌人乱作一团，慌乱射击。敌指挥官声嘶力竭地大喊："顶住，不许后退！"

曹官记一个箭步跃入城墙，挥舞大刀砍向敌人面部，敌人血流满面，惨叫倒地；曹官记随后举枪射击，敌指挥官应声倒地；敌兵有的被击毙倒地，有的哆嗦举手投降，有的拼命逃跑……

曹官记振臂高呼："同志们，快，跟我去活捉反动民团陈老五！"

夜阑人静，众星拱月。一所深宅大院，大门紧闭。曹官记翻墙而入，用短刀迅速干掉守卫，打开大门。其他团丁企图反抗，曹官记持枪高喊："缴枪不杀，我们是游击队！"众团丁吓得举起了双手。

曹官记一个箭步进入屋内，民团团总陈老五伸手摸枪，曹官记一脚踢飞陈老五的枪，厉声呵斥："不许动！陈团总，你被捕了！"陈老五瘫倒在地："完了，全完了！"

1930年1月29日，白雀园解放。白雀园广场，挤满人群，人们翘首望向主席台。曹官记目光威严，厉声高喊："把反动民团团总陈老五押上来！"

两名游击队队员反手摁住陈老五，将其押解上来。陈老五胸前挂着牌子"反动民团团总陈老五"。群众振臂高呼："打倒恶霸地主陈老五！""向恶霸地主陈老五讨还血债！"

曹官记敲动木槌高喊："请大家安静。现在开始公审恶霸地主陈老五。大家有苦的诉苦，有冤的申冤。"

一个中年农民窜到前面，指着陈老五，拉开上衣，露出鞭痕累累的上身。老妇牵着孙子蹒跚上前，泣不成声，"你还我儿子！还我孙子他爹！"说罢与孙子抱头痛哭。肢残人拄着拐棍上前，指着断腿，号啕大哭，牵衣顿足。年轻女子披头散发冲上去，伤心欲绝，捶打着陈老五，声嘶力竭。老汉浑身颤抖，用手哆哆嗦嗦地指着陈老五，已泪如雨下。现场哭声一片，唏嘘声一片。曹官记威严起身，手拿宣判书宣判：

> 根据《惩治土豪劣绅暂行条例》和《审判土豪劣绅委员会暂行条例》，陈老五长期以来，依仗权势，横行乡里，鱼肉百姓，高利重租，盘剥工农，勾结官府，制造假印，包揽词讼，坑害百姓，网罗土匪，打家劫舍，私设关卡，敲诈勒索，谋财害命，拦劫花轿，强占民女。可谓罪恶累累，罄竹难书，不杀不足以平民愤。经合议庭合议，判处陈老五死刑，立即执行。

游击队队员把斩标插入陈老五后背，押解着陈老五往外走去，群众拥挤着紧跟其后，门外传来清脆的枪声。

金色太阳喷薄而出，形成满天红云，满海金波照射出城门横题——白雀园。曹官记站在城楼上，脸上洋溢着胜利的喜悦，挥手向欢迎的群众致意。

起义军打开粮仓，群众奔走相告、喜笑颜开，手拿器皿，排队领取粮食。起义军砸开铁锁，牢房里的人们跑出，或拥抱跳跃，或由喜转泣，或望着旭日东升灿笑。

生命的意义不在于它的长度，而在于它的宽度。曹官记将踏着秋天的落叶继续前行……

第四章　武装割据

1929年5月赛山寨·大山寨

第四章　武装割据

一个重要的会议尘埃落定。1929年2月下旬,中共光山县第三次代表大会在柴山保召开,县委主要精力集中在弦南,并向弦北地区发展,用武装割据形式迅速扩大根据地,并加强党组织建设,重新登记分期培训党员。会议选举产生了新的领导机构,来合云当选为县委委员。

另一个重要会议具有深远的指导意义。1929年11月20日,根据党中央指示,鄂豫边区在光山县柴山保地区胡子石,召开中国共产党鄂豫边第一次代表大会。鄂豫边区党的第一次代表大会之后,大别山区的红军迅猛发展,1年多时间,兵力扩大到10倍以上,完成了由小规模游击战向大规模运动战的跨越,作战能力快速提升。12月召开第一届工农兵代表大会,选出革命委员会,曹学楷当选为主席,徐向前当选为特委委员和革委会军委主席。鄂豫边三个会议和三件大事落下帷幕,会议对今后的斗争指明了前进方向。

时光荏苒,又是一年。1930年1月23日,来合云率领游击队,攻打赛山寨。赛山寨位于白雀园西边,南宋抗元时,大将军韩世忠,遭遇向南而来的元军,他走上山寨,被推为首领,以此山为屏障与

35

元军搏杀，打退了元军的多次进攻。

　　元朝末年，在朝为官的陈天成，因对朝廷弊政、贪腐之风不满，就对当朝天子提出批评，遭到朝中排斥。他预感元朝穷兵黩武、暴政枉法，其江山不会太久，宰相陈天成遂辞官不做，告老还乡。回来后他为陈家人的生存延续而担忧，遂命陈氏族人在赛山建寨，蓄水屯粮，一来保护家族安全，二来抵御外敌入侵。他积聚民力，根据军事防御要求，建有饮马水池和人用饮水三口井，还有练兵场、点将台、马槽、屯粮洞等保障设施。

　　此时，李茂楼、刘缀儒等民团依天险固守，四处烧杀抢掠、胡作非为，对苏区构成重大威胁。

　　光山县委决定拔掉这颗镶在根据地的钉子。在密林中，游击队悄然用树枝伪装，持枪瞄准赛山寨。曹官记手中没有火炮，这样坚固的工事强攻必然要付出重大伤亡。曹官记灵机一动，因地制宜组织了大铁炮、九节鞭土炮，瞄准了赛山寨。

　　曹官记知道"不战屈人之兵"的道理，即使不能使敌人投降，至少可以瓦解对方的士气，减少游击队伤亡，为最后胜利创造条件。

　　曹官记向守敌进行了一番政治攻势："寨子里的民团弟兄们，听着，你们被我们包围了。投降是你们的唯一出路，红军优待俘虏！红军言而有信，说到做到，决不食言。"

　　赛山寨一片沉寂。曹官记用家乡话向守敌继续喊话："弟兄们，你们大多是本地人，我也是本地人，我知道你们大多是穷苦人，是被裹挟加入民团的，老话说得好，'人不亲土亲'，'亲不亲，故乡人'，请弟兄们三思而行，放下武器投降，红军优待俘虏！"

　　赛山寨一阵骚动，敌军官挥动着手枪，用脚狂踢士兵大骂："别听他们赤化宣传，开火，快开火！"

顿时，枪声大作，子弹如雨。曹官记大吼一声："打！"土炮火光闪烁，子弹飞梭，手榴弹腾空抛出。赛山寨顿时浓烟四起，火光冲天。曹官记振臂高呼："冲啊！"游击队队员从阵地跃出，杀声震天，铺天盖地扑向赛山寨……

赛山寨解放后，游击队以白雀镇为基地，波浪式地向四周推进，不久相继解放双轮、斛山、砖桥等地。游击队每到一处，宣传、发动、武装当地的群众，建立8个区苏维埃政权以及农民赤卫队、游击队。

白雀园自1930年年初被光山赤卫军解放后，1930年4月，白雀园区委、区苏维埃政府成立。6月，白雀园区苏维埃政府改为白雀园市苏维埃政府。同年，光山战斗营、教导营、特务营和光山独立团、光山独立师先后成立并驻扎于白雀园，政府还设立了红军枪械修造所、红军医院、工农俱乐部、列宁小学，建立了赤卫军工会、妇女会、儿童团等组织。

红军有了更大的战略上的回旋空间，曹官记书写了自己军旅生涯中最光辉的篇章，赢得了全体队员的爱戴和信任，也赢得了党组织的信任和重用。

这时，风云突变。1930年12月上旬，国民党军"陆海空军总司令武汉行营"调集10万兵力，由"鄂豫皖边区绥靖督办"李鸣钟指挥，组织对鄂豫皖革命根据地进行第一次大规模"围剿"。过去对付红军，是几省军阀势力的联合"会剿"，这时变成蒋介石统一组织的全国性"围剿"。

一场风云激荡的战斗即将展开，历史将铭记这一刻，记载着又一个战斗传奇，每一个传奇都将化作一片云彩，弥漫在历史的天空。

此时，光山县委以白雀、双轮两区各乡赤卫队、游击队为基础，成立了光山赤卫第一师，王耕农任师长，来合云任政委。

1931年6月，光山县委为扩大地方武装，改编成为光山赤卫第二师，来合云调任独立二师师长，主要活动在晏河、新集、泼陂河、白雀、砖桥一带，参与指挥攻打大山寨的战斗。

此时的鄂豫皖根据地被敌军分割成若干块，红军占据着广大农村，敌人占据着主要城镇，红军来去处处受到敌人的节制。尤其是位于光山西南的大山寨，这里到处是悬崖峭壁。后来在国民党军的支持下，这里的土匪占山为王，在峭壁间修起了大山寨。

当地土豪劣绅同土匪相互勾结，据险而守，对根据地构成巨大威胁，红军决定拔掉这颗镶在根据地的钉子。

大山寨山高石头多，山上山下光秃秃的，四面没有隐蔽的地方。山寨围了两个山头，外高内低，周围修筑了一人多高的寨墙，在东南西北4个寨门上修了4座炮台，易守难攻。

当时寨上有吴锦山、胡领山、邱及山3个寨主。他们从1929年开始上寨，胁迫周围数千名群众上寨。后来又有一个叫邱辉煦的民团首领，由新集以北的寨子退入大山寨，与吴、胡、邱3个寨主合力据守。

这时，鄂豫皖红军第一军与第十五军合编为红四军，徐向前任参谋长，指挥部队攻打大山寨。

光山县委曾两次组织革命群众配合红军围攻大山寨，均未攻克。1931年农历八月初四，光山县委决定再次围攻大山寨。县委吸取前两次围攻大山寨的经验教训，对战斗作了周密的部署：从独立师和

第四章 武装割据

赤卫军内抽调英勇善战的共产党员组成敢死队,担负攻坚任务。

此时,曹官记因指挥有方、作战勇敢、屡建奇功,已荣升光山赤卫第一师的团长,他毅然决然报名参加敢死队。这是一场最危险、最激烈、最惨烈的搏杀。

这场战斗举足轻重,由来合云亲自指挥。部队经过战前动员,星夜潜伏进入阵地。次日黎明时分,冲锋的号声响起。

曹官记举起手,用力放下:"进攻开始!第一突击队,给我上!"众红军高声呐喊,抬着云梯、扛着叠桥、推着尖头木驴、顶着桌子,开始了第一轮强行进攻……

城墙上,敌指挥官看见红军冲杀过来,声嘶力竭地高喊:"打呀!快打'赤匪'呀!"顿时,炮火齐发,子弹齐射,攻击部队的红军战士血肉横飞,血溅满地。

曹官记气得把帽子向后一甩:"机枪,给我狠狠地打!第二突击队,上!"红军攻击部队开始了第二轮进攻,只见众红军跳入护城河,架起叠桥,云梯在城墙上竖起,红军口衔大刀,鱼贯上攀……曹官记瞪大眼睛,屏住呼吸望着进攻的部队。

敌人惊呼:"有人上来了,快放滚木!""快放礌石!""推倒梯子!"滚木礌石俱下,云梯折断,众红军战士惨死城下。

曹官记气得脱掉上衣,拿起大刀,跳出战壕:"第三突击队,跟我上!"就在这时,徐向前沿着战壕走了过来,大声命令:"命令部队,停止进攻!"

曹官记疑惑地问道:"什么,停止进攻?您是谁?为什么要下达这样的命令?"站在一旁的参谋回答:"这是红四军参谋长徐向前。"

徐向前威严地说道:"执行命令!"曹官记一听,激动地攥住徐向前的手说："首长，您就是威震敌胆的徐总指挥，我可总算见到您了！"

徐向前匆匆赶到光山赤卫第一师指挥部，与来合云、曹官记等人一起商议破城之策。

徐向前开门见山："部队这样死打硬拼，是行不通的。这说明我们不仅轻敌，而且对敌人的防御体系研究不够。大山寨由城墙、城楼、护城河、马面、敌楼、角楼等组成，500米内寸草不留，视线开阔，并设立防攻击的障碍物，必须开动脑筋。"

徐向前接着指出："《孙子兵法》强调'无恃其不来，恃吾有以待也；无恃其不攻，恃吾有所不可攻也'。也就是说，我们要有充分准备，周密部署攻防措施，方是王道。即使大山寨的防御体系再坚固，也不是不可攻克的。"

接着徐向前点上烟锅，深吸一口："你们听过'掘地见母'的故事吗？"

曹官记疑惑："什么'掘地见母'？这时哪有心思听什么'掘地见母'的故事！"

徐向前笑呵呵："也叫'黄泉相见'。"

曹官记跳起来，一拍头："挖坑道。"

徐向前指着地图："命令部队死死围住敌人，让敌人内无粮草，外无援军，瓦解其战斗意志，同时展开佯攻，迷惑敌人，掩护我军意图，组织部队、民兵、群众，昼夜交替挖坑道。"

农历九月十二，寨内已被整整包围了38天，粮绝兵溃，敌人已成惊弓之鸟。这时，一条隐蔽坑道里，巨大的红漆棺材装满炸药，众红军前拉后推。"轰"的一声巨响，山摇地动，城墙被炸开了一个缺口。

来合云、曹官记率领部队与主力红军一道杀入缺口。双方大刀挥舞，寒光闪闪，血肉横飞，杀声震天，歼敌1000多名，生擒寨主邱及山、吴锦山、胡领山及民团团长黄子香、吴月恒等匪盗10余人。

这时，匪首邱辉煦次子邱峻犹率领部分匪徒开门突围，也被我军歼灭。然而，就在这次战斗中，来合云师长不幸壮烈牺牲，时年31岁。

大山寨的解放，拔掉了鄂豫皖苏区最大的一颗钉子。光山、商城、皖西之间的通道被完全打通，鄂豫皖苏区从大别山北部连成了一片。此后，新集成为鄂豫皖苏区的政治中心。

曹官记凭借出色的表现，荣升为光山独立团团长。新的使命催人奋进，新的征程呼唤奋斗激情。试看天下谁能敌？

第五章　引蛇出洞

1931年2月双桥镇·白雀园

第五章　引蛇出洞

暑来寒往又一年。正当鄂豫皖苏区革命蓬勃发展之时，1931年2月，蒋介石委派军政部部长何应钦担任陆海空军总司令兼南昌行营主任，调集18个师另3个旅20万人的兵力，"以厚集兵力，严密包围及取缓进为要旨"，采取稳扎稳打、步步为营的作战方针，积极部署对中央红军的第二次"围剿"。

大战一触即发，中共中央紧急指示中共鄂豫皖特委书记兼军委主席曾中生、中国工农红军第四军军长旷继勋支援中央红军反"围剿"斗争。曾中生、旷继勋决定率领红四军西出平汉路，牵制并打击敌人。

此时的鄂豫皖苏区斗争形势十分严峻，广大农村被红军所控制，主要城镇和交通干线也被敌人所控制。

中国工农红军第四军决定以"飘忽战略"主动出击京汉线信阳、广水段，引诱和迫使敌人走出固若金汤的阵地，在运动中抓住战机，予以歼灭，支援中央红军的反"围剿"斗争。

3月2日，红四军第三十三团开始出击平汉线信阳至广水段的李家寨车站，曹官记奉命率领独立团配合主力作战。

李家寨站台暗火闪烁，几名国民党士兵持枪游行。两名士兵在划洋火点烟，曹官记猛然从其背后窜出，用匕首割喉，哨兵发出了轻微的惨叫；一名士兵打着哈欠，伸着懒腰，曹官记猛然从其背后跃出，卡住哨兵脖子拖到昏暗处……

随后，曹官记带领独立团持枪弓腰，蹑手蹑脚，一脚端开军营大门，"缴枪不杀！我们是红军！"众敌顿时目瞪口呆，举起双手。

然后曹官记带领红军沿着墙根弓腰前行，摸到站长室，曹官记一脚踹开门："不许动！动就打死你！"

站长哆嗦着抱头："别开枪，我投降，我投降！"

曹官记："好！我们红军绝不杀俘虏。我问你的问题，你要如实回答。"

站长："我一定，一定！"

曹官记："明早是不是有一列军列，从信阳开来？"

站长："是！"

曹官记："有多少敌人？"

站长："是新编第十二师第一旅旅长侯镇华的专列。"

曹官记露出了一丝惊喜，命令独立团拆毁车站北端的一段铁轨，安排进行伏击。

远处的山谷中，笼罩着淡淡的白雾。一列火车冒着浓烟，轰隆轰隆穿过山洞，两旁的白杨树一棵棵地向后掠去。

"有情况，有情况！"火车司机突然睁大眼睛，惊慌失措地拉闸。随着震耳欲聋的机器摩擦声，车身喷出一团团白雾，车底卷出疾风，吹得树丛摇晃。车上敌人一个个被撞得晕头转向，国民党十二师第一旅旅长侯镇华捂头大骂:"'三伏天卖不掉的肉——臭货'!"

曹官记纵身一跃,振臂高呼:"同志们,冲啊!"红军呐喊着冲锋,撬开车门,登上车厢。"不许动,举起手来!""我们是红军,缴枪不杀!"侯镇华满脸血迹,爬起,举枪欲射,被红军一枪击毙。

中共鄂豫皖特委书记兼军委主席曾中生、中国工农红军第四军军长旷继勋、参谋长徐向前接着又导演了一场调虎离山大戏。只见李家寨站台,几名红军在燃放鞭炮,那声音震耳欲聋。

曹官记手捂电话慌张地报告:"武汉绥靖公署吗?我是……侯……侯镇华,路上遇到……红军主力。什么?对!在李家寨。"

电话那头传来惊呼:"什么?红军主力在李家寨,援军最快下午才到!"

曹官记故装焦急求救:"要越快越好,不然……我军就抵挡不住了!"曹官记放下电话发出了捂嘴的笑声。

敌人不知李家寨被红军占领,也不知第一旅已被歼灭,听到报告,援兵火速开始增援李家寨,殊不知再一次遇到红军的袭击,损失十分惨重。随后,红军挥师袭占京汉铁路武胜关北的柳林车站,对豫南重镇信阳构成了严重威胁。

红四军在平汉线上的一系列军事行动,使信阳敌人大为震惊。敌驻豫特派"绥靖"公署主任刘峙,忙调第六师主力集结信阳,并令该师三十八旅、骑兵一师、三十一师的九十一旅、第二十路军的六十三旅等部,由信阳、罗山向南推进。

武汉"绥靖"主任何成浚,也同时命令新编第二旅固守广水;三十一师主力由广水沿铁路线向信阳方向运动;岳维峻第三十四师由孝感经花园沿环水北进，企图南北夹击红四军，叫红军有来无回。

红四军针对敌军的部署，决定采取避强击弱策略和发动人民战争，要求曹官记率领独立团，对敌发动广泛的游击战争，牵制、袭扰、打击敌人，使其不敢冒进与分散。曹官记接到作战命令，带领独立团立即出发，急行军至敌军驻地附近侦察。

勇者无敌。曹官记胆大心细，带领几名侦察人员潜入商城县城，对敌方的部队番号、人员数量、火力配置及重要军事或交通、通信设施等进行侦察，及时把敌情送到红军总部，为红军总部指挥机关下定作战决心奠定了基础。

同时，曹官记带领的独立团采取昼伏夜出、炸毁公路桥梁、割断电线、击毁汽车、破坏敌人的通信联络等方法配合主力部队作战。曹官记在潢光公路上巧妙地击毁了4辆国民党军车，缴获大批弹药、粮食、布匹、药品等军用物资。

曹官记带领独立团采取"飘忽不定"战术，不仅牵制了国民党一定数量的"围剿"部队，而且给苏区人民带来了振奋人心的力量。

敌北路部队因连续受到红军袭扰，行军速度十分缓慢，大军徘徊于信阳、罗山之间。只有南路的岳维峻第三十四师，恃强气骄，冒进突出。

第三十四师曾因"围剿"红军有"功"，被国民政府武汉"绥靖"主任何成浚誉为"模范之师"，所以岳维峻第三十四师企图再立新功，一路急速冒进而来，这支部队与其他友邻部队的距离拉得很大。

此时，只见潢水北岸的第三十四师大军奔流蜿蜒，骑兵骑着剽悍战马、汽车拖着火炮、牛车拉着军需物资，浩浩荡荡，一望无尽。

第五章　引蛇出洞

师长岳维峻骑着高头大马，威风凛凛，卫兵、参谋、步话员紧跟其后。徐向前在黄埔军校毕业后，蒋介石认为这个学生将来不会有大的出息，便将他分配当参谋，岳维峻曾是徐向前的顶头上司。

岳维峻勒住战马，掸了掸笔挺军装上的灰尘，手拿马鞭指着前方："前面是什么地方？"

参谋报告："前面是双桥镇。"

岳维峻抬头望了望天色，命令部队在双桥镇安营扎寨。

步话员手拿步话机："一〇〇旅听到请回答，一〇一旅听到请回答。"

"我是一〇〇旅。""我是一〇一旅。"

"命令在双桥镇安营，在双桥镇安营！""一〇〇旅明白！""一〇一旅明白！"

3月8日，第三十四师进抵双桥镇（今属大悟县），距离红军主力集结地大新店、三里城仅30华里。

红军侦得情况后，决定留一个团在三里城监视北面敌人的动向，集中了红二十八、二十九、三十、三十一、三十三及罗山独立团、光山独立团，连夜向南奔袭，以迅雷不及掩耳之势包围广水以西双桥镇的第三十四师。

双桥镇被环山盆地包裹，师部就驻扎在镇上，满街是国民党青天白日旗在迎风飘动；房顶天线高高竖立，依稀可辨；马鸣声、嘈杂声，隐约传来；环水由北向南缓缓流动，孔石桥贯通东西，有小船方舟；河水东西两岸驻扎着两个旅，只见人影隐绰，火炮、战车、辎重整齐排列。

3月9日拂晓，红军将仅有的几门火炮一字排开，炮手摇动炮柄，发出辘轳声。众炮长依次高喊:"一号炮位准备完毕!二号炮位准备完毕!三号炮位准备完毕!"

红军指挥员挥动指挥旗:"放!"爆炸,残肢飞溅,战马嘶鸣狂奔;爆炸,战车熊熊燃烧,士兵捂头惊慌跑动。随后,红十师、红十一师各一个团分别从双桥镇西北和东北发起猛烈攻击,一举突破守军外围阵地,夺占部分高地。

此时,国民党三十四师指挥部已乱作一团,岳维峻咆哮命令:"顶住,顶住,援兵很快就到!快向张印相的三十一师喊话,向我靠拢!向我靠拢!赵观涛的第六师在什么地方?张钫的二十军在什么地方?快联系他们!还有,请求何长官,派飞机轰炸,轰炸!"

武汉机场的战机腾空而起前来助战,守军也在大炮掩护下开始多批次、多元化向红军阵地反扑,阵地几次易手,形成犬牙交错的局面,战斗打得十分惨烈。

12时,红四军战略预备队两个团、特务大队、独立团、游击队也投入战斗,一举突入双桥镇内,直插敌三十四师指挥中心,并将守军分割为数块。

此时敌指挥系统已经失灵,军心动摇,阵地开始一片混乱。硝烟中,漫山遍野的红军向敌人发起了冲锋,山上、桥上、地上、河流,敌人到处溃逃……

杀声震天,由远而近。一名军官满脸硝烟,跌跌撞撞跑进指挥所:"报告师座!大事不好了,一〇〇旅和一〇一旅阵地,均已被共军穿插分割,师部周围也遭到猛烈攻击,再不走,就来不及了。"

岳维峻瘫坐在椅子上,嘴里喃喃:"完了,全完了!"

参谋长急得直跺脚,大声疾呼:"卫兵,快,把师座架出去,突

第五章　引蛇出洞

围！突围！"

远处传来震耳欲聋的喊声："活捉岳维峻！活捉岳维峻！""红军加油，红军必胜！"

岳维峻懵懂地问："哪来的喊声？"

参谋长："四周到处是游击队，连老人、妇女、儿童都站在山头乱喊。"

岳维峻苦涩地摇着头："匪区赤化，如此严重，如此严重呀！"

岳维峻在卫兵的护卫下跌跌撞撞地跑出房子，一帮国民党士兵正你推我抢，解开马缰，骑马奔逃。

参谋长怒号："不许跑，把马留下！"卫兵举枪射击，骑马士兵或逃之，或被毙之。战马惊叫狂飙，士兵惊呼四逃。

岳维峻目睹着眼前的一切，气得口吐鲜血："这帮党国的……败类，关键时候……竟会置长官于不顾，岂有不败！"

子弹从岳维峻头顶上飞过，侍卫簇拥着岳维峻向西南方向的罗家湾跑去。时任第十一师副师长兼第三十三团团长周维炯率领红军，举枪追来："缴枪不杀，红军优待俘虏！"岳维峻惊恐地举起双手："别开枪，我是岳维峻，我投降。"

双桥镇大捷，红军第一次消灭敌1个师部、2个旅部、3个步兵团、1个炮兵营，俘师长岳维峻以下5000余人，缴得大批军火物资，使红四军大大改善了装备，为更大的战役奠定了基础。同时，红四军取得了有史以来的空前大捷，壮大了红军声威，有力地支援了中央苏区反"围剿"斗争，宣告了敌人"围剿"的彻底破产。

这年5月，中央红军取得了第二次反"围剿"的胜利，蒋介石坐立不安，不出半个月，命令国民党各部全力侦察中央红军的动向，并亲自带领德、英、日等国军事顾问到达南昌，策划第三次"围剿"中央红军的部署，调集了23个师又3个旅的兵力30万人，向中央红军发动更大规模的进攻。

蒋介石此次与前两次"围剿"不同的是，这次他动用"御林军"陈诚、罗卓英、赵观涛、卫立煌、蒋鼎文等嫡系的5个师共9个团，以这些部队为进攻的主力。蒋介石还亲自担任"围剿"的总司令，坐镇南昌指挥。

敌军制定"长驱直入，分进合击"的战略，企图先压迫中央红军于赣江边，而后一举歼灭。朱德、毛泽东率领红军主力采取"诱敌深入"的战略方针，与敌人顽强抗争。中共中央和中革军委向各苏区发出紧急呼吁，要求各根据地立即采取军事行动，支援中央红军的反"围剿"斗争。

1931年4月11日，张国焘到达鄂豫皖边区政府所在地打虎山。5月12日，张国焘在新集召开会议，成立中共中央鄂豫皖分局和新的鄂豫皖革命军事委员会，张国焘任书记兼军事委员会主席。7月中旬，红四军领导人进行了调整，曾中生担任政委、徐向前担任军长、刘士奇担任政治部主任，原军长旷继勋则改任十三师师长。

为了支援中央红军的反"围剿"斗争，红四军将领就作战方向是"东进"还是"南下"发生激烈争论，张国焘的"东进"主张遭到抵制。张国焘十分不满，一直耿耿于怀。

8月初，红四军南下作战时，政治保卫局在后方医院中破获了一个"AB团"组织。成员多是敌三十四师师长岳维峻的旧部，准备在9月15日暴动，企图炸毁医院，抢走岳维峻。一些县委、区委也发现有改组派，并牵扯到部队。军委在新集逮捕一师原政委李荣桂、十师参谋主任柯柏元、二十八团团长潘皈佛、参谋主任范沱等20多人，说这些人是红四军中的反革命，要进行"兵变"，拖走红军去投降国民党。

看似两件独立的事件，张国焘却把新集反革命案件与红四军南下作战言行联系到一起，揭开了红四方面军历史上最惨痛的"白雀园大肃反"的真相。

张国焘等人不重事实，不深入调查研究，轻信口供。只要有人被两个人举报说是反革命，就把被举报者逮捕审讯，非要被举报者承认不可，不承认就严刑拷打。结果严刑逼供，揭发"同伙"，后方扯到前方，军队扯到地方，越扯越多，越扯越离奇。几个人一起吃一顿饭，就说其是"吃喝委员会"；两个人在一起说几句话，就说其是搞秘密活动，是改组派、"AB团"、第三党。

在这场腥风血雨的"肃反"中，一大批干部被错杀，从军队的各级干部到战士，又从军队蔓延到地方。被肃掉的大多是在苏区最早革命的有能力、有学问、有作战经验、和群众有密切联系的领导人，令人痛心不已。

曹官记目睹着一批批朝夕与共的战友离去，心如刀绞，五内俱焚。面对腥风血雨的考验，他暗暗下定决心：对党忠诚老实，对敬爱的领导和生死与共的战友做到实事求是，决不能无中生有。这一辈子，生是党的人，死是党的魂。

面对随时有可能被处死的严酷现实，曹官记始终以对党的耿耿丹心泰然处之，并教导"同志们不要对党有二心"。

在这场腥风血雨的肃反中,曹官记始终相信苏维埃政权和中国共产党,对苏维埃政权和中国共产党的深情,早已渗透在他滚烫的血液中,跳动在他火热的心中,他誓将革命进行到底。

在峥嵘的岁月里,以信念铸魂、用信仰作骨,不负凌云志,看曹官记如何淬炼部队打赢敌手?

第六章　伏虎降龙

1931年11月黄安·苏家埠

第六章　伏虎降龙

一轮红日正从东方地平线冉冉升起，天空透露一抹微光，一切从微茫中渐渐苏醒。氤氲好似一层乳白色的轻纱，神秘朦胧而飘逸。

这是一个值得庆祝的日子。为庆祝十月革命胜利14周年，1931年11月7日，红四军与红二十五军在湖北省黄安县（今红安县）七里坪合编为中国工农红军第四方面军，徐向前任总指挥，陈昌浩任政治委员，辖第十师、第十一师、第十二师；旷继勋任军长，王平章任政治委员，辖第七十三师。红四方面军的成立，标志着鄂豫皖苏区红军进入一个新的发展阶段，为进行更大规模的作战创造了条件。

鄂豫皖苏区和红军的发展引起了国民党军的震惊。11月初，国民党军集结于鄂豫皖苏区周围的兵力达15个师，其中豫东南地区4个师、鄂东地区7个师、皖西地区4个师，另有在河南的第四师、南京的警卫师亦调往武汉，其第二十路军亦向信阳集结，可随时参加围攻作战，企图对鄂豫皖苏区发动第三次"围剿"。

在红四方面军成立的第三天，红四方面军决定先下手为强，发起黄安战役，夺取靠近根据地中心的黄安城，打乱敌人的军事部署。

鉴于据守黄安的国民党军第六十九师的位置突出，周围有许多外围据点的掩护和附近国民党兵力的策应，红军决定集中红十师、红十一师、红十二师及黄安独立团，共8个团兵力，围攻黄安，吸引位于宋埠、麻城、黄陂的第三十师主力、第三十一师、第三十三师的应援，打击可能增援之敌，最后攻歼黄安城守军。

同时红四方面军总部要求动员苏区的一切力量支援前线，确保战役物资所需。独立团的任务是把支援前线和帮助主力红军放在第一位。

曹官记的独立团组织庞大的运输队伍，并建立运输网；在各交通线上设招待站，保证运输队员、伤病员食宿；还组织许多铁匠、木匠、篾匠、草鞋匠、裁缝，赶制脚码子、担架、斗笠、草鞋、衣被等，支援前线。

在当时，红军中有数以千计的伤员需要从前线转运到后方。这个任务落在独立团的肩上，其不但要组织人员上前线，而且要亲自参与。

11月10日，雪后初晴，白雪皑皑，笼罩着黄安城。黄安城外，激烈的枪炮声，不绝于耳。红四方面军主力首先对外围守军发起进攻，连克东王家、高桥河、桃花店等地，扫清外围据点，歼灭守军1个团又2个营及地主武装一部，彻底切断守军与友军的联系，完成战役第一步任务。

远处，出现了人类战争史上震撼动人的一幕：一支支由人民群众组成的支援大军从四面八方涌向黄安城，表现出苏区人民异常的承受能力和对子弟兵的深切拥戴，提出的口号是"倾家荡产，支援前线"。

第六章 伏虎降龙

夜色笼罩黄安城,三颗红色信号弹划破夜空,四周冲锋号奏响。从云梯爬上的红军从墙垛跳下,向守敌射击;城门在爆炸中坍塌,红军杀入;赤卫队拿着长矛、梭镖、铁铲、木棒,高喊:"活捉赵冠英!"这次战役,历时43天,共歼敌1.5万余人,俘获敌师长赵冠英以下官兵近万人。

这是徐向前任红四方面军总指挥后,攻下的敌整师设防的第一个坚固据点,是运用围点打援、运动防御与攻坚结合的成功一战,也是人民群众忍受一切艰难、克服一切困难支援前线的典范,使国民党军的第三次"围剿"计划胎死腹中。

1932年1月的豫南,大片的雪花从天空中纷纷飘落下来。霎时间,山川、田野、村庄全都笼罩在白茫茫的大雪之中。

自从黄安战役红军把南线的敌人打得不敢轻举妄动之后,红四方面军摇身一转,腾出手向北线的敌人猛扑。

在北线,敌人共有4个师和1个独立旅,分别驻守在商城、潢川、固始三县,互为犄角,呈倒三角之势。商城驻扎着陈耀汉第五十八师,一部驻城北龙头桥、河凤桥;潢川驻扎着曾万钟第十二师主力,另一个团驻城南北亚港;商(城)潢(川)公路传流店、豆腐店、江家集一线,驻扎着汤恩伯的第二师和独立第三十三旅防守;固始地区驻扎着第四十五师。

针对敌人的兵力部署,红四方面军制定了商(城)潢(川)战役的总体方案:第一步,重兵"腰斩"汤恩伯第二师,控制商(城)潢(川)公路;第二步,切断商(城)潢(川)两城敌军的联系,围困商城,吸打援敌;第三步,相继夺取商城、潢川等县城,粉碎敌人的北线

"围剿"。

当时红军的后方医院距离前线路途遥远，道路崎岖。曹官记指挥独立团不怕困难、不怕牺牲，调动大量百姓参与运送。一路汗水，磨破了多少人的肩膀，考验了无数大别山儿女。

在各方强有力的支援下，在红军有力的打击下，公路、田野、土丘、山脊……到处是国民党军在惊慌失措地逃窜。战场上，战车在旷野中熊熊燃烧；战马引颈哀鸣倒地；火炮、枪支、弹药、辎重遗失在漫山遍野；伤病员在雪地吃力爬行，艰难地抬起手臂呼喊："别丢下我！"

红军乘胜追击，一直追击到潢川近郊。此时，商城守军见援兵受挫，吓得开始弃城南逃麻城。红军在北线一路过关斩将、克敌制胜，歼灭国民党军5000余人，进一步巩固和扩大了鄂豫皖苏区的疆域。

正当红军主力在北线浴血奋战之时，西线的敌人第四十六师等部6个旅共12个团，自六安沿淠河东岸经苏家埠至霍山构成一线防御。敌第四十六师及6个团守卫六安；警备一旅3个团守卫霍山；淠河沿线马家庵驻扎敌1个旅加1个团；韩摆渡驻扎敌1个团，青山店驻扎敌1个团；苏家埠敌人最多，驻有2个旅部4个团。敌二线尚有第五十七师、第七师、第五十五师，部署于合肥、潜山、蚌埠一带，随时准备移兵西进，参与对根据地的"围剿"。

红四方面军总部立即调整部署：将红十二师留置商城、潢川地区牵制豫东南之敌，总部率领红十师、红十一师自固始东进。红军主力于3月20日在独山地区与先期返回皖西的红二十五军的红七十三师会合。

第六章　伏虎降龙

红四方面军面临着艰难的选择,不说装备,仅敌我人数的比例就是二比一,这是以小博大,四两拨千斤,敌人随时有可能得到六安、合肥的空中支援。

红军主力刚刚打完黄安战役、商(城)潢(川)战役,全军将士疲惫不堪,伤员众多。尤其是以往红军集中优势兵力才予以作战,像如今这种情况,红军必须在运动中寻找战机,分割敌人后才予以作战。

眼前的情况并不利于红军作战,徐向前、陈昌浩面临着巨大压力,他们打这样的大战,必须把不利因素转化为有利因素,必须把敌人分割围困,实施"围点打援"。

为此,红军总部发出紧急通知,要求苏区集中一切力量支援前线。曹官记率领独立团马不停蹄地赶往苏家埠前线。

在人民群众的大力支援下,红军、赤卫队、妇女、老人、小孩……挥汗如雨抢挖交通壕、盖沟、掩体工事。曹官记挥汗如雨,站在土堆上大声催促:"同志们,加油干啊!现在多流汗,战时少流血!要在敌人没有突围之前挖好阵地啊!"

功夫不负有心人。经过夜以继日地抢挖,终于构筑了环绕苏家埠、韩摆渡、青山店据点的交通壕、盖沟、掩体等三层包围圈,敌人顿时成了瓮中之鳖,被迫等待救援。

总指挥徐向前对此非常满意,认为我们的部队必须守得住、看得牢、插得进、攻得下,这是赢得战役的关键。

3月31日,位于六安、霍山的国民党军,同时向苏家埠等据点出援,企图解救被围困的部队。公路上国民党部队浩浩荡荡,尘土滚滚。火炮、钢盔、刺刀在太阳的照射下,发出耀眼的寒光。

国民党军第四十六师师长岳盛瑄和参谋长骑着高头大马,望着天上国民党的飞机,又回头望了望蜿蜒不绝的部队,露出了一丝惬意的微笑。

殊不知,由于大量的地方部队协助红军主力包围苏家埠、韩摆渡、青山店据点的敌人,总部果断命令抽调红十师预备队和红十一师主力,从东西两面对敌人实施夹击,歼灭了其中一个团,另一个团窜入韩摆渡据点。敌人后续部队见状,吓得仓皇退回六安。

此时,由霍山北援的警备第一旅进至十里铺时,也被红七十三师击溃,窜返霍山。与此同时,青山店守军一个团乘机突围,在突围途中大部被歼,一部被迫窜入苏家埠。

六安来的援军被消灭大半,现在被围的守军是叫天天不应,叫地地不灵。苏家埠被围多日,早已断粮。一群群国民党士兵只能捡树叶、刮树皮、找野菜吃。

蒋介石心急如焚,于4月下旬任命第七师代师长厉式鼎为皖西"剿共"总指挥,率领第七师5个团、第五十五师4个团、第五十七师2个团,以及潢川调来的第十二师2个团,共13个团2万余人,开始从合肥大举西援,企图再次解救苏家埠、韩摆渡之围。

谁知,援军在路上再次遭到伏击,响亮的冲锋号响起,在空旷寂静的大地回旋。红军跃出阵地:"缴枪不杀!活捉厉式鼎!冲啊!"

红军来了,红旗漫卷,杀声震天。敌先头部队一看红军反扑过来,开始仓皇后撤。后续前进部队情况不明,前呼后拥,顿时队形大乱。

陡拔河以东战场,众红军号兵昂首挺立,吹响冲锋号。红军、独立团、赤卫军形成对敌人的楚歌四合之势。漫山遍野中,红军铺天盖地、排山倒海地杀向敌阵地,喊声、杀声、射击声,交织一片。

第六章　伏虎降龙

任何一支军队都怕被围歼，各路敌军自顾不暇，开始夺路而逃。此时厉式鼎已经失去了对部队的有效控制，敌军在土路、山地、河里、田野等地或拼命逃窜，或跪地投降，或打出白旗，或跳入河里……

一名穿着上校服的敌军官，提着短枪一路狂奔，一群侍卫紧跟其后。

"站住！站住！缴枪不杀！"曹官记团长边追边喊。簇拥着上校军官的一名士兵，实在跑不动了，干脆气喘吁吁地坐在地上双手举枪投降。

曹官记一把抓过敌兵的枪："前面那人是谁？"

敌兵结结巴巴："他……他是……是我们团长！"

曹官记一听，精神为之一振："什么！团长？快追啊，同志们，前面那家伙是敌人的团长！捉住他，捉住前面那家伙，不要让他跑掉！"敌团长惊恐万状，跳入河中，曹官记疾如闪电，一把抓住他的后衣领，将其拖上岸。

此时山洪滚滚而来，河水挡住了敌兵的退路。有的敌兵爬上树，试图从树上跳过河去，栽入河中；有的敌兵挂在树杈上，急得乱叫；有的敌兵瞬间被滚滚山洪卷走……

曹官记望着挂在树杈上的敌兵，笑得直不起腰来："下来吧，红军不杀俘虏！"

俘虏哆嗦着："红军大哥别开枪，我下来投降。"

苏家埠新安会馆前广场，落日留下长长的影子，泛着金色的粼光。国民党军整装列队，武器整齐地排放在地上。

一三六旅旅长王藩庆、一三八旅旅长刘玉林，迈着整齐的步伐，走到红四军红十师师长王宏坤面前敬礼。

王藩庆声音洪亮地说:"国军一三六旅旅长王藩庆,带领全体官兵前来投降。这是花名册和武器清单,请您接受!"

刘玉林声音洪亮地说:"国军一三八旅旅长刘玉林,带领全体官兵前来投降。这是花名册和武器清单,请您接受!"

王宏坤接过花名册和武器清单,高声宣布:"我代表中国工农红军围攻苏家埠部队,接受你们的投降!"

至此苏家埠战役胜利结束,红四方面军歼敌3万余人,生俘"皖西剿匪总指挥"厉式鼎、五十七师代师长兼一〇七旅旅长梁鸿恩、十九旅旅长李式龙、二十一旅旅长李文斌、一三六旅旅长王藩庆、一三八旅旅长刘玉林及12个团长及官兵3万余人,缴获大量武器装备和物资,取得鄂豫皖红军创建以来空前的大捷。

苏家埠战役是鄂豫皖苏区史无前例的大胜仗,是红四方面军围点打援、以少胜多的著名战役,也是中国工农红军自建军以来规模最大、缴获最多、代价最小、战果最好的一次空前大捷。这次战役被中国国防大学、美国西点军校等多所世界著名军事院校作为经典战例编入教材。

苏家埠战役结束后,红二十五军新组建红七十四师、红七十五师留置皖西守卫苏区,红四方面军总指挥率领红十师、红十一师和红二十五军的红七十三师及少共国际团(原方面军教导团改称),于6月初由苏家埠西返回豫东南商城地区与红十二师会合。

徐向前回来后才获悉豫东南的敌情发生了很大变化。集中在潢川县城附近的国民党第二十路军第七十五师、第七十六师共6个旅中的3个旅分别占领潢川以南的仁和集、东南的双柳树和潢川、固始间的桃林铺；新编第二十师分布于光山县城及其以南的椿树店、槐店，企图长期据守，伺机继续向鄂豫皖苏区进犯。

红四方面军总部决定发起潢（川）光（山）战役，制定了分割包围、各个歼灭的战术，歼灭仁和集、双柳树等地的国民党军。这次是曹官记在家乡门口作战，他暗暗下决心，一定为革命再立新功。

椿树店外围驻扎着一个"铲共团"。6月11日夜，在曹官记的指挥下，独立团分两路向椿树店进军。当夜10时，曹官记在临近敌哨兵约20米处，被敌哨兵发现，敌哨兵声色俱厉地喊道："哪一个？"

曹官记一面继续向敌哨兵走来，一面用本地话镇定而又慢吞吞地回答："老总，别开枪，我的牛丢了，我是来找牛的。"

哨兵接着喊道："口令！"曹官记已走到哨兵跟前，仍然用本地话慢慢地说："好像牛就在前面。"

哨兵喝令："站住！"说时迟，那时快。曹官记一个箭步跃到哨兵跟前，一手锁住哨兵喉咙，一手压下他的步枪，敌哨兵立即昏倒在地。

后面独立团的3个战斗队，一个战斗队紧跟随曹官记冲进"铲共团"住房；一个战斗队包抄到"铲共团"住房的侧面；另一个战斗队埋伏在"铲共团"的后门，防止敌人从后门突围逃跑或组织反扑。

"铲共团"有100多人，步枪靠在墙边，敌兵鼾声大作。朦胧中他们突然发现独立团，许多人连衣服也来不及穿，就光着身子举起双手叫"饶命"，几个企图从边门逃跑的敌兵，当场被击毙。

红十师乘胜直捣椿树店、槐店，歼灭新编第二十师1个团大部，乘胜追击逼近光山，兵锋直抵官渡河南岸。

红十二师和红七十三师、少共国际团分别包围双柳树和仁和集；红十一师秘密进至潢川以南璞塔集（今卜集）、彭店地区，阻击可能由潢川南援之敌；红十二师攻占双柳树，歼守军2个营，继而又将其北逃余部追歼于薛店地区。

红十一师经过整日激战，成功攻占璞塔集，歼灭了由潢川南援的国民党军第五十六师、第五十七师各1个团及民团1000余人。

被围困于仁和集的守军经多次突围未能得逞。6月16日拂晓，仁和集守军约2个团突围西逃，被红七十三师主力追歼于谈楼地区。与此同时，红七十三师一部和少共国际团将未及逃窜的守军约1个团就地歼灭。

至此，红四方面军共歼国民党军8个团近万人，击毙敌旅长1人，活捉敌第七十六师参谋长李亚光和敌旅长李万林，收复了商城以西、潢川和光山以南的大片地区，并扩大部分新区。

1931年11月10日至1932年6月25日的"四大战役"期间，工农红军共歼敌6万余人，消灭了敌人大量的有生力量，其中成建制被歼灭的敌正规军近40个团，敌人对鄂豫皖苏区的第三次"围剿"计划宣告破产。

随着"四大战役"的胜利，鄂豫皖革命根据地迅速扩大，涵盖了鄂东北7个县市、豫东南9个县市、皖西14个县，苏区总面积4万余平方公里，人口达350万，拥有30个县市级革命政权，红军总兵力发展到4.5万人，成为全国三大主力红军之一。地方武装发展到30万人，创造了鄂豫皖苏区的鼎盛局面，鄂豫皖苏区成为仅次于中央苏区的全国第二大革命根据地。

新的征程，新的挑战，任他勇猛向前。每一次新的开始，都是勇士书写瑰丽篇章的开始，我们拭目以待！

第七章　兵临城下

1932年6月七里坪·河口

第七章 兵临城下

黄安战役、商潢战役、苏家埠战役、潢光战役这四大战役，彻底粉碎了国民党军对苏区发动的第三次"围剿"。这对处于统治地位的国民政府来说，只是局部战役的失败。蒋介石明白：军队是进行战争的主要工具，要进行内外战争，必须培养优秀的士兵和装备新式的武器。蒋介石将目光转向德国。

从此，蒋介石开始引进大批德国顾问训练部队，并陆续开始装备当时世界上最先进的、德军在二战时曾横扫欧洲的德制武器对付红军和苏区。

1932年6月，蒋介石亲任豫鄂皖三省"剿匪"总司令，组成左、中、右三路军，除以左路军10余万人"围剿"湘鄂西苏区外，以中、右两路军9个纵队、2个总预备队共24个师又6个旅、4个航空队，共计30万人，对鄂豫皖苏区进行第四次大规模的"围剿"。

国民党统治集团的作战方略是首先集中力量消灭鄂豫皖和湘鄂西苏区两股红军，采取重点进攻、分区"围剿"的方法，达到各个击破的目的。在战术上采取"纵深配备、步步为营、并列推进"，如遇到红军主力，据地固守，待援合围，待击破红军主力后，实行并进直追、四面堵截。

总参谋部拟定作战步骤,第一步,首先攻占黄安、七里坪、新集、商城等匪区战略要地,将红四方面军主力挤出鄂豫边地区;第二步,实行东西夹击,进占以金家寨为中心的皖西根据地,再由北向南将红军主力压迫在英山以南的长江沿岸而歼灭。

蒋介石对鄂豫皖苏区的第四次"围剿"作了缜密部署:

第一纵队,第二十路军由张钫指挥,辖第四十五师、第七十五师、第七十六师、新编第二师,位于潢川、固始、光山等县;

第二纵队,第一军由陈继承指挥,辖第一师、第二师、第三师、第五十八师、第八十师、骑兵第十三旅、骑兵第十五旅,位于信阳至罗山地区;

第三纵队,由马鸿逵指挥,辖第三十五师、骑兵第三旅,位于京汉线信阳和广水一带;

第四纵队,由张印相指挥,辖第三十一军、第三十师、第三十一师、第二十二特务旅,位于麻城、宋埠、黄陂地区;

第五纵队,由上官云相指挥,辖第四十七师、第五十四师,位于蕲春、广济等县;

第六纵队,由卫立煌指挥,辖第十师、第八十三师,位于京汉线孝感和花园一带;

总预备队,由钱大钧指挥,辖第八十八师、第八十九师,集结在汉口机动。

一场关系到鄂豫皖苏区生死存亡的大战即将拉开序幕。

新集此时正在召开鄂豫皖省委的第一次代表大会。黄安战役、商潢战役、苏家埠战役、潢光战役的辉煌胜利,使时任中共鄂豫皖苏区中央分局书记兼军事委员会主席张国焘丧失对形势的正确判断,他误认为:国民党主力只剩下7师人马,其余的都是杂色部队,红军有这样的力量,已经不论多少敌人都不怕了,因此有了国民党已经是"偏师"的论断。从此,进攻苏区和红军的战场上,主要的战斗将由帝国主义直接担负,而国民党政府和其他军阀政府,只能担任"偏师"的任务了。

由于张国焘对形势的错误判断,他要求红军必须采取坚决进攻的策略,使鄂豫皖苏区连成一片,夺取武汉门户并与湘鄂西苏区取得联系,造成红军在长江边与京汉铁路行动自如,并准备与帝国主义直接战争和夺取武汉,完成一省数省首先胜利。"胜利了,还要再胜利!""不能停止进攻!"

张国焘被胜利冲昏了头脑,下令部队向武汉方向进击,要求进行"不停顿的进攻"。南下围攻麻城是第四次反"围剿"斗争中最为失策的决断。麻城进攻不下,双方在此形成僵持局面。

此时,敌人按照作战计划已开始四面合围,红军主力还一直蒙在鼓里,一场关系鄂豫皖苏区生死存亡的大战首先在霍邱打响了。

霍邱保卫战战败了,广大红军官兵浴血奋战、视死如归的英雄主义气概,却给了国民党右路军徐庭瑶一纵队足够的教训,使他不敢长驱直入。王均和梁冠英指挥的右路第二、三纵队或有耳闻,或亲身经历,也在淠河东岸相互观望,龟行蜗步,踌躇起来,鄂豫皖苏区的东战线暂时稳定下来。

8月7日,蒋介石下达总攻命令,所部从东、南、西、北线开始大举进攻。卫立煌第六纵队和陈继承第二纵队分别由花园、罗山,向河口、七里坪根据地中心地带快速推进;平汉路东侧的马鸿逵纵队、豫南的张钫纵队，蕲春、广济地区的上官云相纵队，以及麻城、黄陂的张印相纵队，以分进合击的架势向鄂豫皖纵深杀来，红四方面军已处于敌人的四面包围之中。

当侦察员送来情报时，不由得叫红军总部大吃一惊：陈继承纵队向七里坪急进，卫立煌纵队已进抵河口一带，扑向黄安。

张国焘此时才如梦初醒，决定放弃围攻麻城，立即保卫七里坪！双方在七里坪爆发了一场王牌对王牌的大战，这场战斗极为惨烈，战斗的激烈程度，实属罕见。双方倾其所有，志在必得，攻防交替，寸土必争，最后白刃战、肉搏战绞杀在一起，就连国军的飞机、大炮都已失去了攻击的作用，但终因敌人过于庞大，红军虽拼尽全力，仍没能达到灭敌一路的目的，战局没有实现根本的扭转。

形势不断恶化，红四方面军前进不能，后退又不甘。这时，南北敌人正向我军运动，在此久留风险极大。总部决定向新集以北的胡山寨转移，打击北路张钫纵队，争取实现破敌一路。接下来，红军主力开始向胡山寨实施战略转移。

红军向北运动的同时，狡猾的张钫纵队开始就地固守。西线陈继承纵队和南线卫立煌纵队由南向北加快合围的速度，以打击张钫纵队为目的的北上之战，却演变成一场三面应敌的新集保卫战。

红四方面军面临南、北、东敌人纵队的频繁围攻，在此危急情况下，红四方面军总部认为移师皖西或许有破敌机会，便命令部队向皖西转移。

红军大队人马迈着杂乱的脚步，望着鄂豫皖苏区新集红色首都上空的熊熊浓烟，有的泣不成声，有的抱头痛哭，有的紧握拳头……

新集在哭泣，皖西在哭泣，鄂豫皖苏区在哭泣。此时的苏区已

第七章 兵临城下

庐舍成墟，田园荒芜，尸体遍地，老鹰、乌鸦、野狗在抢啄着尸体……

在这危急关头，曹官记团长接到上级命令：立刻发动和组织群众开展游击战争，保护群众生命财产，配合主力部队作战，破坏敌方交通运输、通信、侦察、指挥、补给系统和各种基地，以迟滞和消耗敌军。

这时，曹官记站在山头一块大石头上远望：村落浓烟孤直飘动。他发现大批敌军朝他们逼近，便果断命令快发信号："有大批敌人，要倒大树，西南方向。"几名战士急忙向崖边跑去，用力推倒一棵大树倒向西南方向。

村庄哨兵吃惊地看到大树倒下，急忙拿起镋锣，用力敲击，"镋……镋……"哨兵大声吆喝："乡亲们，敌人来了，赶快转移！快啊！"大批乡亲们臂搭袋囊，扶老携幼，牵牛赶羊，到处是人喊牛嘶，往山里逃难。

房屋在熊熊燃烧，烟雾遮天蔽日。一群荷枪实弹的国民党士兵和还乡团团丁，在追赶惊恐逃难的村民。国民党士兵和还乡团团丁在跑动中不停地枪杀、刀劈百姓……

曹官记带领独立团赶来救援，他大声疾呼："乡亲们，快往山上跑！独立团就地掩护！"

一群身穿黑衣的还乡团团丁，骑着高头大马，持枪冲了过来。独立团持枪边打边撤。

突然，曹官记的警卫员刘二娃被子弹击中大腿，扭动着身体倒地。曹官记左闪右躲着密集的子弹，跑过来抱起刘二娃，"我背着你走"。

刘二娃:"别……别管我,快掩护乡亲们往大山里……转移……快呀!"

曹官记眼含热泪:"我不能丢下你!"一阵枪响,刘二娃前胸鲜血溅出,身子一软,倒在曹官记怀里。

曹官记怒目圆睁,抓起刘二娃遗弃的步枪,向迫近的还乡团马队射击。随着枪响,战马哀鸣着栽倒在地,溅起高高的尘土。

一名匪首,满脸横肉,用枪瞄准曹官记。一声清脆的枪响后,曹官记持枪的胳膊鲜血溅出,步枪落地。匪首乱喊乱叫:"上,抓活的!"

曹官记摸出两颗手榴弹,望着远方湛蓝的天空,露出了藐视的微笑:"龟孙子们,你爷爷就是死,也要拉上几个垫背的,来吧!"

曹官记突然站起,右手高举手榴弹,左手用力扯动拉火绳,一声巨响,浓烟弥漫天空。曹官记借着浓烟纵身跳下山梁,消失在浓密的山林中。

在这艰苦卓绝的岁月里,曹官记始终充满了胜利的信心,相信一定能够彻底打垮凶神恶煞的敌人。

一天在转战中,突然,空中的敌机低沉轰鸣,由远及近。曹官记大声疾呼:"卧倒!快卧倒!"红军人马立即四散躲避。

爆炸,四肢横飞;

爆炸,辎重散落;

爆炸,战马悲鸣。

独立团遇到前所未有的困难和危险,战士们满脸硝烟,衣衫褴褛,吃力地抬着、搀着、背着伤员前进。

第七章　兵临城下

这时,敌分路合进,每路均三师人,互相策应,红四方面军已与敌转战1个月。因敌人分路合进,我军尚未能消灭敌之一路,现正移师皖西。

独立团已成为一支孤军,没有依靠,一切只能靠自己;使命如山,一直向前,而且越是艰险越向前,忠诚履行保卫苏区职责,用神圣的站位,去捍卫苏维埃政权的尊严。

突然,一道闪电划过长空,一声闷雷在天际滚动,大地溅起透明的水花。独立团大队人马继续前进,雨水打在将士们的脸上,缓缓流淌。将士们踏着淤泥行军,衣服被寒风吹得高高飘起……

他们翻山越岭,风餐露宿。凄凉的军号,在空旷山野中,久久回荡……

这时,红四方面军主力也已损兵折将,疲惫不堪,大批将士血洒疆场。他们哪里知道,皖西的敌人也张着血盆大口,正等待红军主力的到来。

红四方面军主力原本准备在皖西打击冒进的徐庭瑶第四师,但由于敌右路军二纵队胡宗南第一师,从南翼向战区急进;右路军二纵队第七师、第十二师及独立四十旅,增援徐庭瑶的北翼;驻合肥的右路军预备队一个师星夜西援,打击徐庭瑶第四师的计划已经变得不可能。

红四方面军从破译的电报得知,在蒋介石的督战下,中路军的卫立煌、陈继承星夜疾驰皖西,红军随时会有被重兵再次合围的危险。

在皖西的红四方面军此时面临着东、西、北三个方向的敌人,处境也越来越困难,情况已变得十分严重,唯有向南越过大别山主脉，转移到英山去，跳出敌人包围圈，再寻机歼敌。

当疲惫不堪的红军主力抵达英山时，侦察员报告说，英山县城已于9月13日被第五纵队上官云相占领。上官云相从南向北，组织了数道封锁线。这说明，红军一到英山，同样将面临激烈的战斗，弄不好被敌人威逼到长江边，会有全军覆灭的风险。

此时，红四方面军要打破敌人的"围剿"已经十分困难，主力红军不能在英山停留太久，因为敌人很快会查明红军的方位，新的合围马上就会开始。

在这四处危急的时刻，红四方面军决定兵分两路，一路由张国焘、蔡申熙带领，一路由徐向前、陈昌浩带领，分别向鄂豫边转进。同时命令郭述申和皖西独立第四师师长徐海东和地方武装，在皖西和潜江、太湖地区扰敌后路；光山独立团和一切武装力量策应和掩护红四方面军向鄂豫边前进。

黄安位于湖北东北部，是鄂豫两省交界处。光山独立团接到命令后，立即马不停蹄地从新集南边进入黄安华家河地区策应和掩护红四方面军向鄂豫边转进。

夜色深浓，电闪雷鸣，大雨倾盆。红军大队人马头戴斗笠，身披棕皮蓑衣，在泥泞雨水中艰难行进。

红四方面军西移的消息很快被敌人获悉，蒋介石急命中路军卫立煌、陈继承纵队掉头尾追上来。在黄麻老区，胡宗南第一师、黄杰第二师、夏斗寅第十三师、俞济时第八十八师、李默庵第十师等国民党最精锐之师，涌现在黄安河口地区，红四方面军再度陷入重围。

蒋介石又急令卫立煌纵队、陈继承纵队急速行进，敌人前堵后追，在黄安河口地区包围红四方面军主力。

第七章　兵临城下

这是一场力量悬殊的较量，此时红四方面军经过几次大战，损兵折将，伤亡严重，精疲力竭，尚有2万余名官兵可以战斗，去面对国民党10余个王牌精锐之师。大战一展开，红四方面军所有能投入战斗的力量都用上了。

红军阵地硝烟弥漫，尸横遍野，破碎的红旗在秋风中猎猎作响。红十师、红十二师刚到河口以东，便同胡宗南的第一师、俞济时的第八十八师遭遇，大规模的生死战斗迅速展开。经过几轮较量，战士们已是满身硝烟、衣衫褴褛、伤痕累累。

枪声就是命令，炮声就是战场。面对突发情况，曹官记果断率领光山独立团从华家河赶到河口，保护着红军主力侧翼的安全。

战场弥漫的硝烟正在散去，双方尸横遍野。一面破碎的光山独立团军旗，在秋风中高高飘扬、猎猎作响,战士们坚定地看着曹官记。

曹官记深情地望着军旗，两脚跟靠齐并拢，有力地抬起右手，向军旗敬礼，身后众战士齐刷刷地向军旗敬礼。曹官记转过身："拿酒来！"

曹官记端碗高举站立，慷慨激昂："勇士们！消灭敌人，誓死保卫苏区，只在今日！我要再次重申战场纪律，战场后退者，斩！"曹官记一饮而尽，众战士也一饮而尽。

曹官记拔出大刀，举向天空："勇士们！我们扼守这个阵地，与敌人已血战数次。我们的弹药即将耗尽，伤员在不断增加，死亡人数也在不断攀升。但我们以自己的牺牲，将换取全军的胜利突围。黄沙百战，舍我其谁！"

众战士齐声高呼："黄沙百战，舍我其谁！"

曹官记看了一下表，大声说道："勇士们！撤退的命令，我不知道什么时候能送到。全体战士必须做到誓与阵地共存亡，进生退死，毫不畏惧！目前摆在我们面前的只有两条路，要么敌生我死，要么我生敌死！"

众战士振臂高呼："我生敌死！我生敌死！"

曹官记豪情万丈地告诉部队战士："我们是一支英雄的部队，考验忠勇之师的时候到了。小伙子们，拿起烈士们的枪，用子弹、刺刀、拳头、枪托子，继续消灭敌人！"

阵地对面的敌军策反大队人员手持喇叭高喊："对面的赤匪，你们听着，你们已经被我们包围了，放弃一切无用的抵抗，将是你们唯一的出路。只要你们投降，我军将按《"剿匪"将领优待投降之办法》处理，这是我们的最后通牒！限你们一刻钟内答复。不然的话，我'围剿'大军将会完全彻底地消灭你们。"

曹官记趴在战壕里，大声回怼："我是光山独立团团长曹官记，你们有话就说，有屁就放，要敢大放厥词，叫我们投降，是白日做梦。我的枪，是不认人的。"

喇叭那边传来声音："我是国军二师的李团长，绝没有求一逞之意啊！我们不妨谈谈，这样，你好，我好，大家好嘛！"

曹官记侧身与政委商量一番，知道敌人又在耍鬼把戏，不妨利用敌人的鬼把戏，拖延时间，为转移突围的部队赢得时间。政委认为这个办法好是好，但会不会是敌人设下的圈套——要是你走出阵地，狙击手就会准确地射杀。

曹官记告诉政委有这种可能性，但不大。只要我们要求双方将领同时走到阵地中间地带，对双方都是一个制约和忌惮，况且我军的狙击手也不是吃干饭的。政委忧心忡忡地同意这个方案。

第七章 兵临城下

曹官记对着敌人喊道:"李团长,那我们就聊聊。你我同时走出战壕,以阵地中线为会谈界线。如何?"

李团长一听,面部肌肉抽搐了一下。他看到周围士兵吃惊地看着自己,只得说道:"那好吧,你、我各带一名警卫。"

曹官记:"好,一言为定。"

李团长:"绝不食言。"

双方走到阵地中线,曹官记与李团长伸出手臂握手,双方握力巨大,发出了激烈的扭动声。两人松手,互相端详着对方。

李团长趾高气扬地开场:"曹团长,你的腕力是这么有力。今日在此相会,恐怕不是掰掰手腕比个输赢这么简单吧?你们的处境不言自明,生与死就在一瞬间。"

曹官记藐视地一笑:"是啊,当前我们处境的确很难,但你们日子恐怕也好不到哪里去,色厉内荏的窘态,你不觉得很可悲吗?"

李团长一听,气不打一处来:"已到什么时候了,你们怎么还这样执迷不悟。这四面八方都是我们的人,你很难逃出去。你看看,这场仗,打到现在为止,你身边只剩下一些残兵败将,我真是为你担心啊!"

曹官记一听,抬枪对着空中飞过的鸟儿就是一枪,鸟儿坠落在李团长跟前,吓得李团长一脸惊恐。

曹官记吼道:"两军交战不杀来使,你要是再敢胡言乱语,我就一枪崩了你!"

李团长吓得掏出手帕,擦了擦头上的虚汗:"怪不得,我大军节节进占后,这里无论男女老幼,莫不具有匪性。不,莫不具有雄性,看样子,实非军事力量所能完全消灭!"

曹官记郑重告诫："李团长，蒋介石政权的专制独裁、倒行逆施、发动内战，造成了国家再一次陷入分裂、民不聊生的巨大生存危机，不仅仅是我曹官记要反对他，而是有更多的人要反对他。"

李团长转移话题劝说："军人以服从命令为天职。我不和你讨论政治和信仰，只讨论当下你的处境。只要你回头是岸，过去的事可以既往不咎。我们师座已做过保证了，只要你们缴械投降，你们想带兵就带兵，你们想过锦衣玉食的生活就过锦衣玉食的生活。"

曹官记冷笑一声："我曹官记，既然选择了拯救中国的道路，身心早已交给了革命。回去告诉你的上峰，道不同，不相为谋，别再煞费苦心了。"

李团长贼心不死，继续游说道："曹团长，我内心十分敬佩你的信仰和军事才能，但我不得不告诉你残酷的现实，我身后的德式整编师精锐已摆开阵势，他们将会碾压这里的一切生命！"

曹官记仰天长笑："哼！虽然你们调集了大批的精锐，决定胜败的或许是实力，但你们别忘了，决定胜败的一定还有虎狼之气吧！"

李团长气得指着曹官记："你……你……你怎么……敬酒不吃，吃罚酒啊！你会死在这里的，可惜啊，可惜！"

曹官记目光锐利地回怼："我决心至坚，誓死不渝。今日，你想从我这里过去，除非踏过我的尸体！"

李团长疑惑地问道："我真是不明白，你吃了什么迷魂药，非要以死相搏？就没有别的路可以走了吗？"

曹官记铿锵有力地回答："生为军人，死为军魂！等有一天，你明白了真理，你就会明白一切了。"

李团长深叹一口气，立正向曹官记敬礼，曹官记以礼回敬。李

第七章 兵临城下

团长无可奈何地说:"你、我,都没有选择,也无法逃避,咱们各为其主,但愿后会有期。"

曹官记掸了掸身上的灰尘,回答:"李团长请记住,与其苟活,不如英勇赴死,方才无愧七尺男儿之身。如果后会有期,将是人民对你们的审判;如果后会无期,你就在英雄榜来找我吧!"

李团长气急败坏地用手点着曹官记:"你……你……简直不可救药!"两人转身就走,并不时地回头怒怼。

新的战斗又开始了。曹官记拔出明晃晃的大刀,举向天空,大声一吼:"同志们,为了苏维埃,跟我冲!"

红军势如雷电,咆哮着冲向敌人。大刀挥舞,头颅落地;血红的刺刀捅入肉体,血水喷溅……

火炮齐射,震耳欲聋,飞机尖啸着向红军阵地俯冲,顿时弹坑累累,焦土一片,草木成灰,尸体成堆。

凛冽的寒风中,曹官记身着单衣,皮肤多处灼伤,手持望远镜遥望:第一排国民党士兵佩戴着"敢死队"的袖章,第二排国民党军官佩戴着"效忠党国先锋队"的袖章,第三排后面跟着的士兵佩戴着"督战队"的袖章,向红军阵地呈梯形纵队猛扑过来。

曹官记放下望远镜,振臂高呼:"为了保卫苏维埃,全体共产党员们,为革命尽忠的时候到了!全体拿起刺刀,冲啊!"

敌兵一群一群地冲上来,红军迎头扑上去,双方搅在一起,相互用刺刀捅,大刀砍,匕首刺……

阵地上已没有了枪声,没有了炮声,只有怒吼声和刺刀捅进胸膛的扑哧声,殷红的鲜血顺着山坡流淌,尸体堆积,互相挤压,敌人冲锋被打了回去。

曹官记用袖子擦了擦脸上的汗和硝烟："同志们，赶快抢修工事，敌人很快就会发起新的一轮进攻。"

曹官记话音刚落，尖啸的炮弹滑落声从头顶传来。爆炸，工事炸毁，天昏地暗；爆炸，血肉横飞，日月无光；爆炸，警卫员纵身扑在曹官记身上。曹官记挪动身子，拨开警卫员，鲜血从警卫员太阳穴汩汩流出，曹官记悲痛地用手抹闭警卫员怒目的双眼。

战斗更加惨烈，双方你来我往，刺刀捅弯了就用枪托砸，枪托砸碎了就用小锹砍，小锹砍断了就用双手掐，双手负伤了就用牙齿咬，这是上下翻滚你死我活的肉搏……

曹官记声音嘶哑着高喊："同志们，坚持住，一定不能让敌人从这里突破！"每分每秒都有人倒下，战士们拼尽全力、付出巨大的牺牲守住了自己的阵地。

在河口地区，敌人各路大军源源不断赶来，情况变得十分糟糕，红四方面军如果不赶紧摆脱险境，必将会有灭顶之灾。

红四方面军经过 2 个月的频繁战斗，伤员与日俱增，红军从 4.5 万人锐减到 2 万余人，根据地由 4 万平方公里，现在只剩下几十里"弹丸"之地，情况已变得岌岌可危。

10 月 10 日晚上，鄂豫皖分局在黄安黄柴畈召开紧急会议。根据多数人的意见，张国焘决定留下红二十五军七十五师和各独立师、团，由鄂豫皖省委书记沈泽民负责，在根据地坚持斗争。红四方面军总部率第十师、第十一师、第十二师、第七十三师及少共国际团，跳出根据地，暂时到平汉路以西活动，伺机打回根据地。

苍茫大地，夜色沉沉，寒风萧瑟。远处的天际，炮弹划出道道白光。火堆处，红军开始焚烧重要文件；通信员骑马疾驰，在撤离的队伍中来回穿梭；红军紧张地掩埋物资和设备，指挥员不停地催促："快，再快点！"

在萧瑟秋风中，行进的红军队伍，步伐沉重，一望无际。"男女老少来相送，热泪沾衣叙情长"，十里长亭，两旁的人行道上挤满了男女老少。路是那样长，人是那样多，向东望不见头，向西望不见尾。

路边摆放着箩筐、案台、桌子，上面放着花生、芋头、鸡蛋、糍粑、红薯，百姓默默含泪伫立，挥手告别，送别红军。战士们迈着沉重的步伐，挥动手臂告别。曹官记同患难与共的战友依依惜别，难舍难离……

天黑了，风大了，秋风撕扯着曹官记和百姓的鬓发和衣角，百姓静静地立在惜别之地，望着亲人远去的背影，一直若隐若现……

第八章 孤军御敌

1932年10月四姑山

第八章　孤军御敌

红四方面军主力红军撤离鄂豫皖苏区后，蒋介石岂能放过这支伤痕累累的疲惫之师，除了紧急命令十万大军继续追击红四方面军主力外，仍以李玉堂第三师、万耀煌第十三师、彭振山第三十师、张印相第三十一师、陈耀汉第五十八师、李思恕第八十师、汤恩伯第八十九师、王均第七师、曾万钟第十二师、梁冠英第三十二师、戴民权第四十五师、上官云相第四十七师、郝梦龄第五十四师、宋天才第七十五师、张钫第七十六师、马宝琳骑兵第二旅、宋世科独立四十旅等20多万大军，继续对鄂豫皖苏区进行"清剿"。

漆黑的夜晚，寂静阴森，外面的风阴冷地嚎叫着，仿佛黑暗要吞噬一切。这时，国民党军纠集卷土重来的豪绅地主、流氓恶棍组织"还乡团""铲共团""暗杀团""义勇队""挨户团""靖卫团""保安队""搜山队"等反动组织，对苏区进行疯狂的报复。

敌人狂妄叫嚣："砍尽大别山的树，挖尽共产党的根"，对苏区要"大乱三天，大杀三年"，实行"屋换石头，人换种""斩草除根，诛家灭种"。

为了逼迫逃难的老百姓下山，给红军、游击队制造绝境，敌人开始烧山毁林。战火连天、浓烟滚滚、遮天蔽日，欲吞噬这里的一切生命。

鄂豫皖苏区经历着最艰难、最危险、最血腥的时刻，考验着每一个共产党人和革命军人对党的绝对忠诚。

转移到大山深处的曹官记，想起在河口战斗中，红二十五军军长蔡申熙和红十师政治委员甘济时等无数先烈的英勇牺牲，捶胸顿足地呐喊："英雄们，你们给我们留下了高高的丰碑，你们给红军刻上了无尽的荣光。英雄们，给我们力量吧！杀尽白匪，血战到底！"

曹官记抽出大刀，用力朝一棵手腕粗的树砍去，树被砍成两截。曹官记又用力把大刀抛向空中，一个纵身跃起，在空中单手抓住大刀，然后伸开双手，仰望天空，任由雨水打在脸上。

一名小战士怯声问道："团长，我们失败了吗？"

曹官记斩钉截铁："不，我们没有败，苏区还在，红军还在，百姓还在，革命还在，胜利曙光还在！我渴望胜利，为了换取战斗的胜利，我将毫不犹豫地牺牲自己的生命。我们活着的人，要像英雄们一样，哪怕面对十倍，甚至百倍的敌人，也要勇往直前，毫不退缩！"

小战士："昨晚红军主力已经转移了，我们只剩这点人了？"

曹官记豪情万丈地告诉大家："是啊，现在考验我们的时候到了，我们只有少量的红军和地方武装。上级命令我们独立团掩护红军主力转移，然后仰仗大别山与敌人斗智斗勇。"

众红军发出了钢铁誓言："斩杀顽敌，永不言败！"

这时，曹官记带领部队，沿着陡峭的山路小心翼翼地行军。一名侦察员汗流浃背地跑来报告："敌人追击大军，要经过四姑山了。"

第八章　孤军御敌

曹官记团长看了一下表："敌人速度很快啊！时间紧迫，这样的行军速度恐怕会影响战机，除此之外，还有别的路可走吗？"

一名战士摇动了一下手中带钩子的爬竿和铁马子登山鞋："团长，我有一个办法。你看，就用它吧。我从这里爬上山顶，放下绳索，对面就是四姑山。"

曹官记吃惊地问："你怎么对这里的地形这么熟悉？"

猎户战士："团长，我是这一带的猎户。"

曹官记："哦，你是说，你先爬上去，然后把绑腿和腰带放下来，我们拉着爬过去就到四姑山了。"

曹官记果断下达命令，把绑腿和腰带解下，送到前面来。猎户战士麻利地把绑腿和腰带分段打成"八字结"，背在后背。猎户战士告诉大家："我上去后，把绳索抛下。大家攀爬时，抓住绳结，脚蹬住铲出的受力点就行了。"

猎户战士在悬崖攀爬，时而用爬竿钩子钩住树干，时而拽住葛藤攀岩，时而用工兵铲铲出脚蹬受力点，泥土碎石从山坡滚下……惊动鸟儿扇动着翅膀，鸣叫着在山间盘旋。

猎户战士爬上山顶，野风呼啸。他把绳系在一棵大树上，掏出腰刀，割下松软的青草沿着大树到崖边铺在地上，然后用力抛下绳子。接下来，战士们双手抓住绑腿和腰带，脚蹬受力点，鱼贯开始攀爬……

曹官记用望远镜眺望周围地形，放下望远镜："同志们，我们一定要把敌人阻止在这里，为大部队转移争取一分钟的主动和安全。现在以连为单位，构筑两道工事。请记住，每个连留一个班作为预备队。进入阵地后，要用檑木、石块堆砌防御阵地。大家听清楚了没有？"

众战士："听清了！"

曹官记："行动！"

山路上敌人追击大军一望无尽地在前进。山上众战士匍匐在阵地，打开枪的保险栓，轻轻推弹上膛。

曹官记高举的手重重放下："打！"红军的步枪、机枪、重机枪齐射，手榴弹、手雷砸向山下。顿时，敌人死伤一片，车辆在大火中燃烧，惊叫的战马嘶鸣飞奔……

山坡上，一名身穿呢子大衣、手戴白手套的国民党中将，手持望远镜向大山眺望，身后站立着大批军官和侍卫。一名戴眼镜的军官，上前两步："师座，对面赤匪是哪一部分的？"

师座："天晓得，一路到处是枪声。"

军官："以往游击队放几枪就溜之大吉，怎么会遇到如此顽强的阻击？"

师座："根据枪声判断，阻击的赤匪不会超过 200 人。"

军官："哦，太不可思议了。"

师座："命令部队立即抢占四姑山！"

大批国民党军向山坡爬动。曹官记手拿号旗，盯着正在攀爬的敌人。他低声命令："全体注意，没有命令不许开枪！把敌人放近再打。"

当敌人离独立团阵地 30 米时，战士们枪械齐发，敌人死伤一片。接着战士们用力推倒檑木、石块，檑木、石块从山上滚落。惊叫中，国民党军有的被砸死，有的被砸得头破血流，不得不往回跑……

第八章　孤军御敌

在庙宇里,师座气得背着手,踱来踱去。这时,一名军官领着"铲共团"的马团长进来。

师座:"我问你,四姑山上是哪一支赤匪部队?"

马团长:"报告师座,是光山独立团。"

师座:"哦,你怎么知道是光山独立团?"

马团长:"嘿嘿,我们'铲共团'抓住了一名得烂脚病的伤兵。据他说,那是他们神出鬼没的光山独立团。那个团长,就算扒了他的皮,我也认得他。这个'泥腿子',叫曹官记。就是他,分了我家的田和房,还公审了我爹。我与'泥腿子',势不两立,不共戴天!"

师座:"我问你,这个人有什么经历?对方有多少人?配备了什么武器?战斗力和素养如何?"

马团长:"北伐军光复武汉期间,这个曹官记加入了共产党啊!在我们这一带,他可是个'红魔'的头头,不仅诡计多端,还奇谋善战。不过,目前独立团经过国军声势浩大的'围剿',大概只有200多人。但是,他们大多配备的都是双枪啊!"

师座:"什么?双枪?"

马团长:"是啊!他们有长短枪各一支,大刀一把,还有一把匕首。据说,想当独立团的兵,并非易事,要经过精心挑选,打枪要做到百步穿杨,体能测试是爬陡坡二三十里,要大气不喘啊!"

师座:"哦,原来是这样。怪不得几次冲锋都没有成功。那么这四姑山,还有别的路吗?"

马团长指着桌子上的地图比划说:"这四姑山,也叫四面山,南面坡缓,东西相对陡峭,尤其是北面,坡度在70度以上。"

师座:"也就是说,南面可以上去,东西坡度,只有经过训练的

93

人才可能上去，北面几乎无人上过。"

这时，一名身背便携式步话机的话务员报告师座，总指挥要与他通话。话务员把喉头话务器、头戴式耳机递给师座。师座一手拿着喉头话务器，一手拿着头戴式耳机放到耳旁："03听到请回答，请回答！"

师座："我是03，我是03，请01训令！"

总指挥："你们怎么搞的嘛，竟然会在四姑山停滞不前8个小时，委员长听了，十分震怒，震怒！"

师座："我们在四姑山隘口，遇到赤匪部队的顽强阻击，顽强阻击！"

总指挥："赤匪主力都跑了，阻击你们的只是小股赤匪，哪来的强悍战斗力？"

师座："总指挥，你有所不知啊！这股赤匪，不仅单兵作战能力很强，而且协同配合十分默契。他们占据险隘，易守难攻，可谓一夫当关，万夫莫开。我军连续发动三次进攻，都未能得手啊！"

总指挥："我已派一个山地团，前来支援你们作战。你务必在明天早上，拿下四姑山。"

师座："请总指挥放心，明天早上，如果拿不下四姑山，我提头来见。"

总指挥："军中可无戏言啊！"

师座通话完，掏出手帕擦了擦额头的汗珠。这时，一名虎背熊腰的国民党中校军官匆匆进来："报告师座，广西山地团团长柳云海前来报到，接受您的指挥。"

师座大步上前握着团长柳云海的手："哎呀！说曹操，曹操就到。

第八章　孤军御敌

四姑山的情况，你都知道吗？"

柳云海："作战参谋已向我作了详细介绍。"

师座端详着柳云海军服左边口袋下方佩戴的一枚山地师胸章和一枚云麾勋章，然后用手帕轻轻擦了擦云麾勋章上的尘土。

师座："嗯，这枚勋章，是属于震慑内乱、立有功勋军人的崇高荣誉，好好珍惜吧！"

柳云海："师座，愿为戡乱救国，再立新功！"

师座："嗯，人们都说'广西狼兵雄于天下'，你说说，如何攻取四姑山？"

柳云海指着桌子上的地图比划："师座，你看，这山地作战不同于平原，我们的重装备很难发挥作用。尤其对士兵的要求更为苛刻，即使装备有几十斤，士兵还要顶着枪林弹雨，攀爬这座大山。如果没有山地作战的经验、强健的体魄和坚韧的毅力，要想实现作战目标，是一件很困难的事。在山地作战中，一个点位的进攻很难得手，因此应该采取多点进攻和偷袭相结合的策略。"

师座："哦，你说具体点儿。"

柳云海："晚上我们可以利用夜幕，采取三面进攻。四姑山南面，则由师座您负责组织佯攻，东、西两面，由山地团负责进攻，一举拿下四姑山。"

师座："嗯，好主意，夜袭加多点进攻，就这么办！"

黢黑的天幕，偶尔有流星划过夜空，时而猫头鹰发出凄凉恐怖的长啸，划破夜空。大批敌人蹑手蹑脚地向山上爬来。

突然，一名国民党士兵一脚蹬空，泥石纷纷滚落，伴随着泥石的滚落声。山林里的鸟儿突然受到惊吓，惊叫着争相起飞。

曹官记被鸟儿惊叫声惊醒，急忙跑到警戒哨旁问什么情况。哨兵回复，好像是野猪。曹官记心想：不对，这一带的野猪，活动很有规律，一般是从早晨八点到下午六点。即使有反常现象，野猪也会用"哼哼"声，呼叫同伴，怎么会一点儿"哼哼"声都没有呢？

这时，一名国民党士兵的军用水壶和手榴弹碰在一起，发出了金属的撞击声，在寂静的大山中格外刺耳。曹官记大声命令："有敌情，是敌人摸上来了，准备战斗！"红军惊醒，迅速进入阵地，开始朝山下猛烈射击……

敌指挥蹿起，手持信号枪"砰砰"两声，两发信号弹升空，划破了漆黑的夜晚。敌军听到信号弹，纷纷跃起，手持武器向山上冲来……

敌指挥："冲啊！杀赤匪啊！"

夜空下，双方枪管火舌喷出，无数流弹相向飞来，喊杀声、叫骂声和惨叫声四起……

突然，一名战士连滚带爬，滚落到曹官记跟前报告，东面阵地已被敌军突破，我连正在二线阵地阻击。曹官记刚毅的脸显得异常严峻："告诉你们连长，没有命令，不许撤退！"

这时，一名战士弓腰跑到曹官记跟前报告更坏的消息，西面阵地也被敌军突破，配发的子弹不多了。

曹官记命令副团长带领部队顺着绳索撤退，这需要一定的时间，曹官记决定率领一个排掩护。

夜晚的大山，山风卷着松涛，像海洋的狂澜咆哮。曹官记蹲在战壕地上，紧张地往弹匣里压子弹。在这千钧一发的时刻，一名战士惴惴不安地问："团长，东西两块阵地已没人，敌人就要上来了，你在想什么？"

曹官记："我正盘算着与敌人相遇的时间。我们给敌人来个'摸瞎子'游戏。"

战士们不解地问道："怎么讲？"

曹官记告诉战士们，敌人虽然众多，但对山顶的情况并不熟悉。在这伸手不见五指的夜晚，敌人如同我们小时候玩"摸瞎子"游戏时一样，他们心里一定胆怯，搜索推进的速度会很慢。

曹官记命令："一班去东面躲着，二班去西边躲着，以听到我的枪声为号，你们就开枪。边打边往撤退方向跑，我们在那里会合。"

这时，东边的国民党军持枪警惕地搜索推进，西面的国民党军小心翼翼地持枪搜索推进。曹官记突然猛烈地开枪射击对面的敌人，然后跳出战壕，转身弓腰向撤退方向跑。东西方向也响起了激烈的枪声。

曹官记与东西方向撤离的队伍会合，众战士激动地拥抱在一起。曹官记转身张望：天空流星般的枪弹相向穿梭，爆炸声阵阵，火光冲天。

曹官记欣慰地说："看，一场狗咬狗的厮杀开始了！"火光映红着将士们的汗水、泪水、笑容……

第九章 绝地反击

1933年3月鄂豫皖边

第九章　绝地反击

秋天，深灰色的迷云，低压大地，丝雨霏霏。一望无际的林木都已光秃，枯萎的矮草伴随着野风，剧烈地摆动。一群北来的候鸟在天空飞过，鸿雁发出凄凉的鸣叫。

主力红军突然撤离，鄂豫皖根据地大部分丧失，尚存的也被敌人分割为若干弹丸之地。根据地被分割、大批敌人压境、豪绅地主还乡复仇、敌人实行"三光"的恐怖政策，使得根据地军民在思想上、组织上、行动上都产生了一定的混乱，形势十分严峻。

但在鄂豫皖根据地党组织的领导下，他们积极组建红军、扩大地方武装、动员人民群众，同敌人展开了英勇顽强的保卫根据地斗争。当时大别山区传唱着由百姓编写的革命歌谣：

> 大别山里出红军，
> 当兵就要当红军，
> 红军是咱穷人兵，
> 帮忙人民闹翻身。

树也砍不完，

根也挖不尽，

留得大山在，

到处有红军。

曹官记率领的独立团被敌人挤压在群山之间，山下到处是敌人"搜山队""清剿队"的围追堵截。曹官记迎来了他人生中最为严峻的形势和残酷的战斗，面对敌众我寡、弹尽粮绝的险境，谱写了可歌可泣的英雄诗篇。

夜色笼罩着大山。隘口山路，渐显 4 根斜木制成的移动支架，上面横有圆木 1 根。圆木上面装有铁刺，几支火把插在圆木上，把周围照亮。2 名哨兵持枪在哨卡游动。

突然，"咯咯咯"的野鸡鸣叫，清脆响亮。一名哨兵拍了拍另一名哨兵："嘘，那里有野鸡。昨天张班长就是在那里抓住一只野鸡，真好吃。""可能野鸡笼又抓到一只，走，过去看看。"两名哨兵一前一后，持枪拨动树枝向前走来。

草丛中曹官记趴在地上手握利刃，正学野鸡发出"咯咯咯"的鸣叫。哨兵持枪拨动树枝向曹官记趴下的方向走来。

曹官记睁大眼睛，屏住呼吸，拽着拌绳。当他又爆发出野鸡受惊时尖锐的"咯咯"声时，前面的哨兵急忙追了过来。曹官记抓起一把沙子猛抛向土匪的眼睛，趁土匪揉眼之际，曹官记手持利刃将其刺倒。

后面的哨兵听到惨叫声，吓得转身就跑。曹官记用力拽起拌绳，把哨兵绊倒，猛然跃起，用利刃直插哨兵后背，转身消失在茫茫黑夜。

第九章　绝地反击

敌军战报报告：自从我们进入匪区腹地以来，无论男女老幼，莫不具有匪性。大军进剿后，赤匪主力和地方匪军蜂拥而至。他们到处打冷枪、埋地雷、割电线、炸桥梁、挖壕沟、炸公路，搞得我们整日提心吊胆，坐立不宁，匪区组织毫未打破！

在这危机四伏、险象环生的岁月里，鄂豫皖苏区虽有鄂豫皖省委、鄂皖工委、鄂东道委的领导，但由于红军不够统一，不利于指挥作战。

正在这时，情况如同枯木逢春，焕发了一线生机。1932年11月29日，鄂豫皖省委在黄安檀树岗村南的河树林召开最高军事干部会议，决定将根据地各红军主力团和地方武装统一组织起来，重新组建中国工农红军第二十五军，独立坚持鄂豫皖革命根据地的斗争。

沧海横流显砥柱，万山磅礴看主峰。1932年11月30日，红二十五军重建完成：吴焕先任军长、王平章任政委，徐海东、戴季英为红七十四师师长、政委，下辖二二〇、二二一、二二二团和特务营；姚家芳、高敬亭为红七十五师师长、政委，下辖二二三、二二四团和军直属特务营。全军下辖2个师5个团及2个特务营，共约7000人。

红二十五军的重建，结束了鄂豫皖苏区武装力量分散和混乱的局面，是鄂豫皖苏区历史上的一个重要里程碑，开创了根据地斗争的新时期。部队在飘忽不定的游击战争中，经常面对数倍甚至几十倍于己的敌人，全体指战员们始终斗志旺盛、意志坚强。

腥风血雨、惊心动魄的战斗，丝毫没有动摇曹官记的革命意志。他不舍地安慰爱妻，告别3个孩子，毅然率领第四次组建后的光山独立团离开白雀园驻地，正式编入中国工农红军第二十五军，并担任军直属特务营营长职务。军直属特务营不仅要负责保卫首长和机关的安全，还要执行重要的特殊作战任务。

特务营当时是红军的一支"特种部队"，考虑其战术突击队的特点，每个队员除了配以手枪、手榴弹，一般还配有马步枪1支，一则靠手枪抵近射击；二则靠马步枪上的刺刀和枪托进行白刃战。

根据这种装备的特点，其兵源要求也更高：一是单兵作战力强，反应灵敏，枪法准确；二是近距离格斗能力强。所以官兵体格很强健，都是从各个部队英勇作战的干部战士中精选出来的。

编入红二十五军后，曹官记的政治思想、军事素质和指挥才能都得到进一步的锻炼和提高，立场更加坚定，斗志更加高昂，他听从党的调遣，紧紧依靠群众，不畏强敌、不避艰险，为革命冲锋陷阵，屡建战功。

兵不可一日不练，战不可一日不备。为了适应多种环境下的作战，提高特务队的作战水平，锤炼特务队队员的战术水平和小队协同作战能力，在曹官记的带领下，队员们一个个身强力壮，机智灵活，有勇有谋，都练就了一身过硬的本领，为执行多样化的作战任务打下了基础。

他从一个卖熟食的受苦青年，逐步成长为一名出色的红军指挥员。当时队伍里多是十几岁的"童子军"，曹官记年龄较大，既是营长，又是兄长。由于爱兵如子、爱民如子，他受到部队官兵和人民群众的拥护和支持。

岁月流转，花开花落。1933年3月初，鄂豫皖省委总结了红四方面军走后4个多月来独立自主、坚持反"围剿"斗争的经验，决定适当集中部分红军主力,捕捉战机,打击敌人兵力薄弱据点,以震慑敌人、鼓舞群众,支援中央苏区根据地反"围剿"斗争。

高手总是善于捕捉战机,乘隙而入。1933年3月4日,敌三十五师两个团侵占了光山南部的郭家河(现属新县)。由于该旅装备较差,孤军进入,又是新接防,人地生疏,红二十五军决定乘敌人立足未稳,集中兵力将其歼灭。红军进行了周密的战斗部署,并组织游击队和群众进行袭扰。

3月6日,在吴焕先、徐海东的亲自指挥下,红二十五军向敌军发起围攻。冲锋军号响彻天空,勇士们如洪流所向披靡,曹官记率领军直属特务营,凭借着坚强的勇气和敌败我胜的豪气,一举将郭家河东南羊人岩高地的敌人警戒部队一个营大部歼灭。紧接着二二二团由西南,二二〇团和直属特务营由东北,以合围之势向郭家河之敌发起猛烈攻击。

周围山头上的地方武装、游击队和群众呐喊助威,将敌人追逼到二道河西南洼地,这里的地形中间低四周高,红军居高临下,士气更旺,勇猛冲杀。

经过一个多小时的激战,红军以仅伤亡30余人的代价将敌人全部歼灭,共毙俘敌2000余人,缴获小炮1门、迫击炮8门、机枪12挺、战马100多匹。

郭家河战役是红二十五军重建以来的首次大捷,一举扭转了几个月来鄂豫皖边区在敌"清剿"中的不利局面,对保存鄂豫皖革命根据地及其发展起到至关重要的作用,是对重新组建红二十五军战斗力的一次检阅,可谓是一次久违的胜利。作为成功的战斗范例,郭家河战役已载入中国工农红军第二十五军的光辉战斗史册。

随后，曹官记带领部队又参加了杨泗寨、潘家河等战斗，挫败了敌人的划区"清剿"计划，为保卫红色苏区作出了重要贡献，谱写了红军队伍一个又一个的传奇故事。

敌我生死对决无处不在，斗智斗勇大片继续上演。一天黄昏，夕阳西下。一辆军用吉普车沿着公路驶来，一队国民党士兵持枪检查。

士兵："站住，干什么的？"

车上军官傲气地指了指肩章上中校的标识，然后一巴掌打在士兵脸上。

中校怒斥："这不是明知故问吗？"

士兵捂着脸："你敢打我？"

中校大吼："谁叫你们在这里检查的？我是谁，你们知道吗？你们是哪一部分的？"

士兵持枪："你别问是谁，上峰有令，一律要接受检查。"

中校不屑一顾："废话！这条路就没人敢检查我。我的身份，不是你们这些低级士兵可以检查的。"

士兵大声命令："就是天王老子，也必须检查！"

中校傲气地拍了拍公文包："我手里的机要文件，就是你们的长官也无权看，知道嘛！"

这时，曹官记身穿国民党校级军服走过来，一把抓过文件包："我倒想看看你的机要文件。"

中校怒指着："你找死啊！这是绝密文件。"

曹官记冷笑了一声："不是我找死，而是你找死。我们是红军，你被俘了。"

众红军持枪怒吼："举起手来！"中校做梦也没有想到会以这样的方式被活捉。

曹官记一把拽出敌中校，中校仍然不相信眼前发生的一切："兄弟，你们是哪一部分的？这玩笑，可开大了。"

曹官记："谁给你开玩笑。"他解开风纪扣，露出红领章。

中校疑惑地问："你们……你们怎么会出现在这里？"

曹官记大笑："我们是红军特务营，无处不在。"中校一听，吓得瑟瑟发抖举起了手。

尽管战争是残酷的，但曹官记带领的特务营赢得了一场场胜利，为他的履历添加了一道道耀眼的光环，他将继续演绎一个又一个传奇。

漆黑的山路，瓢泼大雨，密林里一群黑影在跑动。"扑通"一声，又是"扑通"一声。衣服发出"撕拉"一声，接着又发出"撕拉"一声。

一道闪电划破了天空，千万条雨丝，荡漾在空中。又一道闪电划破了天空，映出撸了一把满脸雨水的曹官记。他低沉道："跟上，不许掉队！不许讲话！不许抽烟！注意隐蔽！"

这时一道探照灯的光束照过来，晃来晃去。曹官记急忙命令："卧倒！同志们，冲出去就是胜利！"队伍接着又齐刷刷地向前跑动。

黄昏时分，山谷特别幽静。泉水在山崖上溅起水花，汇成一条溪流。曹官记从茂密的杂草中探出头，左右张望。他做出一个莲花指，吹了一阵口哨，霎时间，从树林、山洞、杂草……跑出若干战士。

曹官记："集合，立正，稍息！向右转，出发！"队伍消失在夜色中。夕阳余晖，映照着镶嵌在峡谷的一座桥上，宛如长虹飞架。桥头两边碉堡里乌黑的枪口对着桥面，桥面持枪游动的哨兵，倒映在水面。

这时，月亮在薄云里穿梭，时明时暗。曹官记与战士们用油布包好炸药绑在背上。曹官记挥手，战士们嘴里含着芦苇秆，挪步向下游的大桥桥墩游去。一束强烈的探照灯灯光，射向水面，摇来晃去……

河岸上的国民党巡逻队持枪走来，并不时用手电筒照射河面，发出一划三闪的平安信号。桥面2名岗哨在点火吸烟，一名国民党军官牵着一条狼狗向岗哨走来。岗哨看到黑影走来，急忙拉动枪栓："口令？"

军官："刀锋"。

岗哨："原来是长官呀！"

军官怒斥："怎么吸烟？难道你忘了《警卫条例》吗？"岗哨急忙扔掉踩灭的烟头。

军官又问："有什么情况？"

岗哨："报告长官，没有发现任何情况。"这时，狼狗突然嗅来嗅去，然后朝河面狂吠起来，曹官记与战士们立即吸了口气潜入水中。

军官急忙用手电筒朝河面、桥墩照来照去，没有发现异常。军官骂道："都睁大眼睛，三十一师开来的部队很快就到。如果有什么闪失，当心你们的脑袋！"

岗哨："是！"

军官又提醒道："记住，遇到紧急情况，立刻发出三发信号弹，

第九章　绝地反击

封锁上下游。"

岗哨："是！"

这时，曹官记与战士们从水里探出头，曹官记发出战术手语，红军肩踩肩向桥台悄悄爬去。在桥台上，曹官记堆放完炸药，口含一根导爆索向岸边游去。

这时，一名国民党军官吹响紧急集合哨，大批荷枪实弹的士兵从营房、碉堡、桥头跑出，站好两路横队。

军官大声命令："立即戒严，封锁桥面！"

不远处的公路，汽车远光灯射出耀眼灯光，卡车长龙行驶向桥面，车队鱼贯驶入，车灯把大桥照得透亮。

树丛中，曹官记高高举起手："五、四、三、二、一……起爆！"红军按下爆破按钮。顿时，巨大的爆炸声，伴随着爆炸的飞溅物，向四周散射。桥梁断落，卡车轰然坠入河里，散落的汽油在水面熊熊燃烧。

后续是紧急的车辆刹车声，接着传来刺耳的警报声。守桥的一名军官望着断裂的桥面和熊熊火光，呆若木鸡："完了，全完了！"

守桥的军官从上衣口袋掏出一张全家福，深情地看着，眼眶渐渐湿润。一辆吉普车快速驶过来，紧接着是吉普车的紧急刹车声，几名臂章戴有宪兵标识的军官和士兵从车上跳下，向桥头堡跨步冲来。

军官一看此情景，亲吻了一下全家福，然后把全家福照片抛向空中，掏出手枪，对着自己的太阳穴，随后是一声清脆的枪响……

从1932年年底到1933年4月底，在鄂豫皖省委的正确领导和红二十五军的统一指挥下，经过根据地军民的艰苦奋斗，蒋介石一

109

个又一个"清剿""围剿"计划破产,红军壮大到 1.1 万人,根据地得到相应恢复。

　　曹官记在一次次神奇战斗中,冲锋陷阵、机智智慧、英勇果断,续写着更加辉煌灿烂的军旅荣光。

第十章　效命疆场

1933年5月七里坪

第十章　效命疆场

红军运用"飘忽"战术,连续取得了郭家河、杨泗寨、潘家河等战斗的胜利,挫败了敌人划区"清剿"计划,鄂豫皖根据地的严重形势渐渐趋于好转。

1932年11月12日,在鄂豫皖严重形势日趋好转的形势下,省委书记沈泽民在红安长冲主持召开省委第一次扩大会议,会议通过《关于反国民党四次"围剿"下的总任务》。

此时的鄂豫皖省委还没有脱离"左"倾冒险主义的指导思想,还有"夺回中心城市""肃反"等"左"的口号,但是"扩大红军""扩大游击战""恢复鄂豫皖苏区"等则是完全正确的。

就在这个关键节点,1933年3月10日,鄂豫皖省委突然收到中共中央《给鄂豫皖省委的军事指令》:

> 第一步夺取七里坪、河口、黄安;第二步夺取新集和光(山)麻(城)交通线的中间地段,并把黄安与麻城东北部和商城南部地区连成一片。……你们用各方面游击战争的方法,彻底解决这些任务是

不可能的，只有集中力量实行进攻的战斗，才能够解决这些任务。

为了实现这一计划，《指令》还规定，必须把一切常备的武装都归编到红二十五军去，"改组后，红二十五军应当消灭七里坪的敌人力量和以夺取与巩固这个地点为第一任务"。

这就更加助长了急于反攻、激进冒进的指导思想，据此，省委于5月初贸然决定夺回七里坪。殊不知，复苏的红二十五军和鄂豫皖根据地即将面临一场灭顶之灾。

此时敌十三师驻扎在七里坪，师部带一个团驻在枣林岗，镇内驻有两个团的兵力，工事相当坚固，周围筑满了碉堡、围墙、壕沟，还设置一道道铁丝网。

另外七里坪周围还驻扎着敌人七八个师的优势兵力，控制着所有的交通要道。尤其是敌八十九师在华家河驻扎邻近七里坪，随时可以得到增援；红军兵力不足，既不能有效包围七里坪，也没有打援的兵力，这是乱打一通。

红二十五军军长吴焕先和政委戴季英深知，现在所讨论的不是打不打的问题，而是必须打的问题。作战兵力和粮食供给问题，省委已经作了安排，由徐宝珊和郑位三同志负责。

根据省委的战略意图，将红七十三师布置于七里坪以东王锡九、习家坡、石门口、郑必高至大斛山一带；红七十四师布置于七里坪以北江家、高庙岗、酒醉山一带；红七十五师除红二二四团配属红七十四师布置于神龙岗外，两个团随军部留在七里坪东北的龙王山，为军预备队；黄安独立第七师等地方武装，在七里坪附近活动，配

第十章 效命疆场

合主力作战,牵制敌人。

这种作战方案,只能占据七里坪以东以北的几处高地,对于七里坪以南的黄安公路、以西的华家河的道路,都没兵力加以控制,敌人照样通行无阻,等于白围。

5月2日,七里坪天空,尖啸声中滑落的炮弹,在不远处爆炸。战前将领们担心的问题暴露出来,红军久攻不下,欲撤不能。

随着七里坪攻坚战的继续,部队开始断粮,甚至连伤病员也只能靠百姓送点谷糠稀饭维持。为了获取粮食,红军在打鼓岭截获了敌人22袋面粉,但也因此伤亡了160余人。

在这极度艰难的困境中,特务营发挥了重要作用。他们每天来无影、去无踪。有时他们着便装出发,墨镜、礼帽、文明棍、长袍马褂一应俱全;有时他们穿国民党军服,扮演别动队、侦缉队、搜查队、搜山队等人员;有时他们也坐轿子,装大老爷、阔少爷,渗入敌后,去弄到各种必需物资。他们装扮成各种身份的人,每一次执行特殊任务都可能是永别。

曹官记带领部队完成了一个个艰巨任务。他常说:"不担三分险,难练一身胆。"有一次,他们偷袭一个集镇大铺号的大财主,那真是险象环生。

一天夜晚,一座深宅朱漆大门口站有背枪站岗的警察,外围站立有虎背熊腰的保镖。富丽堂皇的会客厅中,一个身穿绫罗绸缎的中年男子坐在太师椅上,跷着二郎腿,抽着雪茄,品着香茶。

站在前面的一名大汉镖师向他报告:"黑龙老爷,我按您的要求,又从山东请了两名一流的镖师。"

黑龙老爷往烟灰缸里弹了弹烟灰,犀利的目光一转:"哦,请他们进来，让我瞧瞧。"

大汉镖师起手击掌，两名镖师进入会客厅。他们绑腿护腕，缁衣马裤，腰中缠一条猩红腰带，手提一把七星弯刀，一字威风站立。两名镖师连忙向黑龙老爷请安。

黑龙老爷从太师椅上缓缓起身，款步走到两名镖师跟前，犀利的眼光上下打量着两名镖师。突然间，他用铁砂掌猛击两名镖师的腹部。镖师气贯全身，青筋暴突，脸涨通红，岿然不动。

黑龙老爷从裤兜里掏出手帕擦着手："习武之人都知道，这铁砂掌功夫不可乱用，轻者伤，重则亡。今日，我拳从心发，劲由掌发，用了七分功力，两位壮汉意守丹田，刚柔接招，实为难得。试了内功，我想见识一下壮士的外功如何？来人！"

黑龙老爷一声吆喝，两名家丁抱着一块青石砖块，分别放在两名镖师前方的地上。只见镖师气贯掌心，劲达四梢，一声大吼，把青石砖块打成碎石……

黑龙老爷微笑着拍巴掌："有这功夫，劫匪盗贼闻风畏忌，兵不血刃而山寇绿林退避三舍啊！哈哈哈……每人奖赏十块大洋。"

一名丫鬟端着托盘进入房间，黑龙老爷拈起大洋，分别奖赏给两名镖师。两名镖师抱拳行礼："谢老爷器重，小的愿效犬马之劳。"

黑龙老爷："嗯，你们一路劳顿，早点歇着吧！"这时，管家步履匆匆进来，一名伙计提着沉重的箱子跟随其后。伙计把箱子放在桌上，管家挥手示意伙计出去。

管家大步上前插上门闩，转身走到桌子前："老爷，这次去上海交易鸦片，一次就赚得盆满钵满。老爷，您看！"管家打开箱子，只见黄金、银元满满一箱。

第十章　效命疆场

黑龙老爷惊喜地抚掌："哇，这么多啊！"

这时深宅大院围墙下，几个头戴面罩的黑影贴着墙根往前移动。曹官记以肢体语言用食指指向跟随的3名队员，又以食指指向自己的胸膛，示意其跟随他一起翻墙入室，众人点头。曹官记又将手举至头顶，屈曲手肘，掌心盖着头颅顶，告诉其他队员掩护，众人点头。

曹官记发出战术动作，示意翻墙进入，其他3名队员紧随其后也翻墙而入……

曹官记一行沿着回廊，弓腰摸到会客厅大门，通过门缝观察：黑龙老爷拿起一块金锭，用牙咬了咬，露出了一丝微笑。黑龙老爷又拿起一枚大洋，用指甲捏住银圆的边缘，用嘴吹气后，快速放到耳边，银圆发出了"嗡嗡"的振动声。黑龙老爷："嗯，这件事办得不错，明早存入银库。"

曹官记用匕首悄然拨开门栓，突然冲入屋内，低声命令："不许动，举起手来！"

突然的一幕，让黑龙老爷一脸惊恐地举起了手。黑龙老爷试问："壮士，有话好说。敢问是何方神仙？"

曹官记："何方神仙不敢，只是想到贵府借点钱财而已。"

黑龙老爷："哦，为何要借钱财？"

曹官记："不义之财，借之何碍？"

黑龙老爷冷笑："敢到我府上借钱财的，这偌大的城郭，恐怕还没有哪个……"

曹官记厉声："少啰唆，脸靠墙，快点！"曹官记用枪抵住黑龙老爷、管家，命令他们脸靠墙站立。一个大个子队员快速抓起桌子上的箱子跑了出去。

黑龙老爷用余光观察着队员们的一举一动。突然,黑龙老爷一个反手抓住曹官记的枪,高高举起,顿时双方扭打在一起。

曹官记手中枪支被腾空摔落。黑龙老爷从袖口拔出暗藏利刃,在曹官记的左臂上用力一划,划出一道又长又深的口子,鲜红的血液从肉里渗出,顿时染红了衣服。接着黑龙老爷又刺向曹官记胸部,曹官记双手用力夹住利刃两面,你推我往,曹官记夹刃的双手,鲜血直流。

曹官记突然闪电般踢出一脚,直落黑龙老爷裆部,黑龙老爷惨叫一声,身躯向后直飞落地。黑龙老爷整个脸在地上被惯性力摩擦,鲜血直流……黑龙老爷高喊:"来人啊!有劫匪!"

曹官记命令:"别管我,快撤!"曹官记话音刚落,大汉镖师率领两名镖师跑入大厅,堵住了大门。另外两名队员持枪对着两名镖师威严命令:"闪开!"

大汉镖师怒吼:"哪里走!乖乖缴械,我饶你们不死!"接着大汉镖师冲到曹官记跟前,连续两记重拳,把曹官记右眼角击开了一道口子,鲜血直流。曹官记用手抹了抹鲜血,吐了一口血沫,接着用左手一个直拳,顺势一个左边腿,将大汉镖师击倒在地。

大汉镖师接着一个"倒跟头",又站起,用拳头在曹官记鼻尖前晃了晃,显出不屑一顾的样子。曹官记心想,这家伙功力不浅,不能开枪,枪声一响,大批敌人就会围拢过来,自己就难以脱身,不仅任务完成不了,而且很有可能全队覆没,目前只能智取,伺机摆脱敌人。

这时,大汉镖师一阵组合拳如雨点般袭来,曹官记机敏地左躲右闪。几招落空的大汉镖师,突然左手直拳虚晃,紧跟着一个高蹬腿,

第十章　效命疆场

一个右摆拳,曹官记被打得趔趄着倒退到墙边。

大汉镖师冷哼一声,手腕甩动,用前扫腿连续扫向曹官记。曹官记跳跃躲闪,突然转体后摆,紧跟一个面部高侧踹,接着一个快速勾踢。大汉镖师躲闪不及,仰面朝天,重重地摔倒在地……

曹官记一个箭步抓起枪,低声吼道:"我们只是借点钱财,你们用不着以命相拼。留得青山在,不怕没柴烧,我们后会有期嘛!"众人听了面面相觑,觉得有理便让开了一条道,曹官记一转身消失得无影无踪。

岁月匆匆流逝,战斗让时间有了意义。惊心动魄的七里坪战斗仍在继续,双方阵地犬牙交错,战局不容乐观。但闪耀的红星预示着红色战士要忠于使命、献身使命、不辱使命。

七里坪战斗打得难解难分,又是一场腥风血雨的特殊战斗。今晚特务营要夺回重要的制高点。曹官记集合队伍战前动员:"同志们,战斗并没有结束。今晚的战斗,将是夜间作战和山地作战相结合的一次特殊战斗,什么情况都可能发生。比如,近战、肉搏战、白刃战等。为了避免无谓的牺牲,我将挑选有战斗经验的老兵,和他们一起去消灭敌人。请问大家,有没有参加过黄安战役、商潢战役、苏家埠战役、潢光战役的勇士?"

队伍中有10人举手,曹官记庄重地向他们敬礼:"出列!"接着曹官记又问:"请问有没有,每次射击,击中目标的概率可以达到80%的?"队伍中有3人举手,曹官记庄重地向他们敬礼:"出列!"

曹官记大声命令:"听口令,出枪!"出列队员举枪、拉栓、瞄准、退壳、推弹、上膛,连贯动作,一气呵成。

119

曹官记又问："请问，有过夜间战、近战、肉搏战、白刃战的吗？"队伍中有1人举手。

曹官记："参加过什么战斗？"

战士回答："报告营长，参加过新洲夜袭战、磨角楼攻坚战、双桥镇战斗、霍邱保卫战、河口遭遇战等一系列战斗！"

曹官记庄重地向他敬礼："怎么称呼你？"

战士："大家都叫我兵王。"

曹官记惊叫："兵王？好霸气的名字啊！士兵之王，为战而生。出列！"

曹官记拿起一把冲锋枪，爱惜地抚摸着，然后递给兵王："兵王，我把这支德式伯格曼MP18冲锋枪，交给你使用，用它去消灭敌人！出发！"

这天晚上，天空黝黑而低沉，下着蒙蒙细雨，偶尔传来昆虫的叫声。几十个黑影在匍匐爬行。曹官记低声命令："上刺刀，打开手榴弹盖。"

曹官记带领特务营爬了半天，也没有发现敌人。突然，前面传来了手掌拍打蚊子的声音。曹官记心里一喜，他急忙学着野猫发出猫叫声。

接着一束手电筒光束射了过来，一高一矮的两名警戒哨向曹官记匍匐的地方走了过来。曹官记用手语发出了干掉敌人的命令。两名敌人向他们走来，特务队用匕首干净利落地解决了警戒哨。

曹官记示意匍匐向敌人后侧运动。他突然跃起，一刀割断后山警戒哨的颈动脉，血液从颈部创口处向上喷出，敌兵发出了低沉的呼救声。

呼救声惊动了敌人，重机枪子弹如同雨点般打了过来，火舌顿时把周围照亮。曹官记举枪百步穿杨，重机枪顿时失声，阵地又陷入一片漆黑。

曹官记带领战士冲到敌人山头战壕，天黑得伸手不见五指。战士轻声问："营长，天实在太黑，咋办？"

曹官记急中生智命令："听着，见人就说是自己人，然后就摸衣服。"

战士疑惑地问："摸衣服？"

曹官记："对，摸到粗布的，就是自己人；摸到光滑的卡其布，就是敌人。大家注意，在摸的过程中，要注意骗、闪、防、诈，开始行动！"

曹官记率先滚入战壕摸索前进，突然踢到一条腿。曹官记："嘘，自己人，别开枪！"曹官记摸到光滑的卡其布，敌人一动不动。曹官记用手放在敌兵的鼻子处，敌兵已没有气息。

曹官记继续往前摸索，遇到一个黑影。对方胆怯地问："谁？"

曹官记灵机一动，心想：四大姓是张、王、李、赵。接着小声说："兄弟，别开枪！我是自己人——小张。"

那人的情绪放松了许多："小张啊！快蹲下！"曹官记蹲下一边向前摸，一边问："你是哪个嘛？"

黑影低声训斥："混账，你是我的通信员，听不出来吗，我是连长啊！"曹官记一听，抬手朝敌连长就是一枪。连长"哎哟"一声，捂着胸口指着曹官记，死前又不甘地质问："你瞎眼了……你……你打死长官了。"

敌连长最后的呼喊，在寂静的夜晚显得格外刺耳。敌兵听到连长绝望的叫声，吓得连滚带爬地向山下跑去……

虽然，全体红军全力以赴，浴血奋战、舍生忘死，但难以扭转战场上的颓势。七里坪攻坚战骑虎难下，伤亡大得惊人，活着的红军面临着无吃、无住、无盐、无药、无衣的困境。

徐海东在革命回忆录《大别山烽火》的《保卫红色土地》一文中，有一段对七里坪战役的记述：

> 逼不走敌人，反而使自己陷于被动地位。当时正是青黄不接的时候，我军大部队集结作战，不但没有油盐菜蔬，连饭都吃不饱。粮食，要到数十里至上百里以外的地方去搞。像老鹰打食一样，搞多多吃，搞少少吃，搞不着就不吃。有的部队只得吃野菜，吃树叶，吃草根，使战斗力受到严重削弱。
>
> 在这种情况下，我军不得不放弃了七里坪的围攻战。

在《刘华清回忆录》中，刘华清对七里坪战役作如下描述：

> 当时，鄂豫皖省委受王明"左"倾冒险主义军事战略的影响，机械地执行中共中央指示，极错误地估计形势。他们要求红二十五军展开积极反攻……这一要求，无视敌强我弱的基本事实，完全是瞎指挥。……根本不具备强攻敌人重镇的条件。

第十章 效命疆场

在此困境下,更为可怕的是疾病开始蔓延,伤员无法得到医治,战斗减员迅速攀升。在各种困难和风险叠加下,战士的体质已极度虚弱,伤亡急剧增加到1.2万人。当时围攻七里坪的红军应为2万人(含地方部队),撤离时不足6000人,43天的七里坪攻坚战画上了血腥的句号。

在这极端艰苦的岁月里,红军再次遭遇着前所未有的困境,又将何去何从呢?

第十一章　望云思亲

1933年6月白雀园·倒水河

第十一章　望云思亲

电闪雷鸣，野风狂舞，暴雨肆虐。红二十五军从七里坪撤出战斗后，向光山、麻城、商城交界地区筹集粮食。

粮食是生命的阳光，哪一个人不需要粮食呢？人是铁，饭是钢，一顿不吃饿得慌，何况这支军队已断粮多日，再这样下去，即使不被敌人打垮，也会饿垮，情况变得万分危急。

在这万分危急的情况下，一波未平，一波又起。1933年5月，蒋介石亲临武汉，委任刘镇华为鄂豫皖三省"剿共"总司令，调集了十四师又4个独立旅，共计82个团，以数十倍的兵力对红二十五军实施"尾追""清剿""堵截"，开始对鄂豫皖根据地进行第五次"围剿"，一场惊心动魄的搏杀对决上演。

"剿共"总司令部下达对鄂豫皖根据地"围剿"的死命令：

赤匪为保存田地，始终不悟，应作如下处置：

一、匪区壮丁一律处决；

二、匪区房屋一律烧毁；

三、匪区粮食分给铲共义勇队，搬出匪区外，难运者一律烧毁。

须用快刀斩乱麻的手段，否则剿灭难期，徒劳布置。

斗争形势日益残酷，曹官记和大家一道，经受着最严峻、最危险、最险恶的考验。部队经常断粮，有时数日无餐，战士们忍受着饥饿和疲劳同敌人拼杀和周旋。百姓将自己仅有的一点粮食，一碗一碗地凑起来支援红军，而自己却以野菜、树叶充饥，即使这样，将士们个个"面有菜色"。周围群众忍饥挨饿，每天送稀饭给红二十五军吃，但数量上是绝对不够的。

缺粮困境实在是到了军事上不可能维持的状态，在此严重情况下，红军只得一边以野菜、树叶充饥，一边抽调部队和地方武装筹集粮食，筹粮部队带着群众，常常远到一二百里外的宋埠、黄冈、陂安南等地区打粮，在筹粮运粮中虽然牺牲了很多指战员和群众，但每次仍收获不多，难以满足大部队的需要。

6月5日，刘镇华将鄂豫皖根据地以潢川、麻城公路为界线，划分为东、西两区，增加碉堡，运集粮弹，编练民团，开始加紧"围剿"。

尽管战事频繁和军务繁忙，亲人的容貌依稀在曹官记眼前闪烁，亲人的笑声宛如在耳边回响，空气里仿佛弥漫着熟悉的气息，化作一股股浓浓的思念。在部队向光山白雀园转移过程中，曹官记向部队首长请假回家看看。一天傍晚，他悄悄回到每天为他担惊受怕的父母家。儿子的突然出现，让许久未见儿子的父母泪目了，思念如浪潮般翻滚。

父母凝视着儿子的容颜，仿佛时间都停留在这一刻。母亲张氏

第十一章 望云思亲

一把拉过儿子的手,心疼地说:"瘦了,瘦了!"

此时,曹官记看着日益佝偻的父母,心里感到一阵酸楚,为自己没能照顾好家人感到非常愧疚。但为了革命事业,他只能叮嘱父母照顾好自己,等到革命成功再来报答他们的养育之恩,并从怀里掏出两块银圆交到母亲手中,让她买点肉和盐等日用品。

在严酷的革命斗争中,曹官记始终对党和革命忠贞不渝,随时准备抛头颅,洒热血,但他最放心不下的是柔弱的妻儿和年迈的父母。

这时,已是赤卫军队员的小妹曹观青闻讯赶来,深情地对哥哥说:"小哥,打了胜仗要常回来呀!"

曹官记嘱咐小妹道:"替我照顾好爹娘。"母亲催促他快去看看妻子和孩子们,曹官记与父母和小妹依依不舍地凝视,眼泪与微笑交织在一起。

在这个充满遗憾的告别时刻,使命在身的他依依不舍地离开父母的家,一步一回头地张望伫立在门外的父母和小妹……

日日想、夜夜盼,望眼欲穿。曹官记急匆匆地回到自己家中,他太挂念妻子和3个年幼的孩子了。一进门便紧紧抱起只有1岁多的儿子曹明厚,温柔地亲吻他那稚嫩的脸庞,并深情地望着因日夜操劳而憔悴的妻子孔令青和2个年幼的女儿。此时此刻,父爱如山,厚重且坚实,时光被定格在难舍难分的温馨时刻。

孩子们懵懂地感到父爱是深邃的、伟大的、勇敢的,然而父爱又是苦涩的、难懂的、难舍的,不可企及的。孩子们哪里知道父亲肩上的担子重如山,他既是一位顶天立地的父亲,又是一位内心有爱的丈夫,更是一位出色的红军指挥员。

时间在这一刻，显得那么弥足珍贵。他对爱妻语重心长地说："3个孩子是革命的后代，你要不惜一切保护好他们。"妻子点头答应并赶紧架柴煮饭。

接着他对妻子说："如果我牺牲了，党组织会照顾家人的；如果我回来了，我会把一辈子都给你。"

曹官记表达了他的忠诚与抉择、勇敢与担当。曹官记不是不珍惜生命，不是不留恋家人，而是担心在爆发残酷战斗的时候来不及说一声道别。

分别容易，相见甚难。就在妻子煮好热腾腾的面条准备"犒赏"丈夫时，嘹亮的军号声打破了黑夜的寂静。

军号是武器，军号是召唤，军号是军魂。

顿时，曹官记像是变了个人似的，立即把心爱的儿子交到只有7岁的大女儿曹明赋手中，"把弟弟照顾好"是他留给家里人的最后一句话。他边说边转身，与警卫员一同向白雀园东门飞奔……

随着红二十五军大部队在大别山区的不停转战，经过一次次反"围剿"的战斗，曹官记身边许多年轻的战友纷纷壮烈牺牲，大地掩埋了无数革命英烈的躯体，却掩埋不了红色战士的赤子之心。

虽然他早已把生死置之度外，但与部队大多数年少（仅13至18岁）的"童子军"相比，他还扮演着儿子、丈夫、父亲的角色，更多了一份牵挂和担心。

他时时放心不下家里的父母、妻子和3个儿女，面对频繁的血腥战斗，曹官记意识到自己同其他战友一样会在某次战斗中牺牲。

一个深夜，曹官记在周边征战几个月后，经军首长特批同意，最后一次深夜回家。此时,白雀园已物是人非、今非昔比。

由于红军大部队的撤离,白雀园已被国民党光山县政府控制,处于白色恐怖之下,四边城门均有白匪站岗。他绕过西门,翻过西塘边的城墙,悄悄敲开了孩子舅舅孔令文的院门。

准备入睡的孔令文披衣开门,见是姐夫曹官记,便慌忙拉着他来到堂屋。曹官记来不及客气,坐下就开门见山地对妻弟说,自己常年在外打仗,说不定哪天就会牺牲,请他们多多关照自己的家小。并告诉他曾把一包证件交给过本家的五娘,嘱托妻弟道:"我要是牺牲了,千万把这些东西保存好,将来有用,放在我家和你家里怕不稳当。"

他强忍着泪水又说:"我相信兄弟的为人,孩子们都还小,我不在的时候把他们娘儿4个托付给你们家,望兄弟和弟妹给予照顾,拜谢了!"

孔令文答应道:"姐夫,都是一家人,不用客气。"又接着说:"你放心地去当红军吧,有我家吃的就不会饿着他们!"

曹官记拉着妻弟的手连忙说:"拜托啦,多谢好兄弟。红军一定会打回来的!革命一定会成功的!"说完两人双手紧紧握在一起。

早已是地下党的内弟媳妇郑芝文听到曹官记熟悉的声音,连忙披衣从床上跳了下来,看到风尘仆仆的曹官记又惊又喜,连忙沏茶倒水。曹官记接过内弟媳妇沏的茶水喝了一口,又急忙拜别岳母大人付氏,岳母大人付氏翻箱倒柜地为他准备好了包袱,内有两双布鞋、一套内衣和当天晚饭家里的包馍等,这既包含了岳母刺字精忠报国的精神,也包含了儿行千里母担忧的情感。曹官记接过包袱,感动得磕头跪拜,然后与孔令文再次握了握手,便迅速地消失在茫茫黑夜……

曹官记远远望着家乡，他想见亲人，却又不能相见；他想爱，却又不能去爱，怕给亲人们招来杀身之祸。曹官记向家乡致以标准军礼："亲人们、乡亲们，革命一定会成功，敌人终将被埋葬！"

作为红军指挥员，曹官记肩负着红军赋予的使命。信仰是红色军人永恒的灵魂，正是因为有了革命的精神力量，曹官记才选择以身许党、以身许国。

曾经的短暂相见和深夜托孤，留给父母的，是无尽的想念和担忧；留给妻子的，是丈夫的深深愧疚和无尽挂念；留给孩子们的，是父亲奋不顾身奔向战场的伟岸背影和果断勇敢；留给乡亲们的，是对革命的坚定信仰和献身革命的忠贞不屈。

到6月底，敌情已经发生了重大变化。此时，红军面临前所未有的困境，七里坪战役失利，鄂东保卫战也受挫，根据地严重萎缩，田里的青苗狼藉一片，四面八方到处是敌人的"清剿"和"追剿"，各个城镇和要隘都被敌人占领，敌人碉堡密密麻麻，交通线纵横到底，红军被分割包围……

当时南京国民党的《中央日报》，曾报道过鄂豫皖苏区的悲惨景象：

逃生无路，水草捞尽，草根掘尽，树皮剥尽……
阖家自杀者，时有所闻；饿殍田野者，途中时见……
大小村落，鸡犬无声，耕牛绝迹。

国民党反动派在"民尽匪尽"的方针和"血洗大别山""铲除干

净，绝尽根苗"的口号下，制订了《匪区封锁条例》，规定：

  一、食物类：谷、米、麦、盐、包谷、豆、甘薯、家畜等；
  二、军用原料类：铜、铁、白铅、硝磺、煤炭、汽油、棉花、电料等；
  三、卫生材料类：诊疗所需之中西药品等。
  一律不准运往苏区。

还成立了"民众日用品专卖局"，对以上物资限量出售，以防群众多购偷运给红军。红军减员严重，一再缩编，依然面临着无吃、无住、无盐、无药、无衣的困境，敌人企图用恶劣的环境饿死、困死、冻死红军。

恶劣的环境吓不倒英勇的红军，考验着每一位红色战士的意志。当时，流行于鄂豫皖苏区第五次反"围剿"的革命歌谣：

  山林岩洞是我房，青枝绿叶是我床；
  野菜葛根是我粮，党是我的爹和娘；
  任凭白匪再"围剿"，红军越打越坚强；
  一颗红心夺不去，头断流血不投降。

此时红二十五军部队不得不向皖西苏区转进，粮荒已威胁到全军的生命，如果部队这样持续下去即使不被敌人打垮也会被拖垮。

根据革命斗争需要，红二十五军首长们决定，曹官记改任特务三大队大队长，临危受命担负特殊而又艰巨的任务。

《刘震回忆录》中记道：

> 红二十五军从七里坪撤出后，即转战到光山、麻城、商城交界的地区筹粮。接着，又先后转到七里坪西南、黄安以东和麻城福田河地区筹粮。

红二十五军在国民党军的一路围追堵截下，战斗之惨烈、环境之险恶、牺牲之惨重，在人类作战史中实属罕见。

这一切，曹官记看在眼里，急在心里。一天，曹官记带领特务队化装侦察，只见福田河祠堂上空飘动着青天白日满地红，屋顶有无线电天线竖立。祠堂前有大批军用车辆停滞，士兵们正在懒懒散散地打扑克、吸烟、聊天。

一名歪戴着帽子的士兵盖上汽车引擎盖，拍拍手上的灰尘。另一名袒胸露背的士兵掏出香烟递给歪戴着帽子的士兵一支烟："怎么样，还能跑吗？"

歪戴着帽子的士兵："嗨！这汽车没有油，如同马屁股上的苍蝇——瞎嗡嗡，就是不走。"

袒胸露背的士兵："哎，你看，军需官来了，或许油到了。"

一辆吉普车驶入祠堂前，车辆突然熄火，司机不停地发动车辆，看了看车盘油表："处长，没油了。"

在副驾驶位置坐的军需官跳下吉普车："这鬼不生蛋的地方，搞得我们寸步难行！"

第十一章　望云思亲

军需官气呼呼地向祠堂走去，刚好碰到身穿少将军服的长官。长官见到军需官劈头盖脸地质问："马处长，你来得正好。你说，军需品什么时候能到？上峰一日，是七封催促电报。现在，我军身陷这茫茫大山，军需供应中断。你说，该怎么办？怎么办？"

军需官战战兢兢："报告师座，正在路上，船明日……明日上午可抵达前线。"

师座走到军需官跟前，一把抓起军需官衣领警告："告诉你，别老让弟兄们，长脖子老等！明日上午，如果再见不到军需物品，军法从事！"

曹官记得到这个重要情报，连夜带领特务队埋伏在一处河流转弯处的河岸。中午，炽热的太阳，蝉鸣声声，倒水河蜷曲在绿色的山林中。

突然听到河边传来叫骂声和嘈杂声。河岸一队国民党士兵巡逻队袒胸露背地向前搜索前进。一名军官呵斥："你看看，你们那个熊样，一个个像乏驴子上磨——无精打采的。大家都打起精神来，加强搜索！"

曹官记警惕地匍匐窥探敌情，只见河中一条竹排长龙，上面高高堆有东西，被油布蒙盖，竹排两侧站有荷枪实弹的士兵。两岸边，三五成群的竹排工，赤着脚，穿着破衫和裤头，在刺刀和皮鞭的逼迫下，下探着身子，拉着竹排逆河而上。

曹官记默默数着，共有20多只竹排，这么多，应该是敌人的运输队，估计有敌人一个加强连押运。

曹官记回头看了看稀疏的百十号人。曹官记命令通信员："离这里不远,就是锁河村。你去联系一下地下党,让他们多组织些老百姓,来抢运东西。"

曹官记低声命令:"准备战斗!"副队长担忧地问:"敌人比我们多得多,我们怎么打?"

百年一遇的战机,曹官记岂能放过,风险再大必须一搏。他决定抢夺这一批重要给养,以滋养苏区军民。

他分析道:"这一段河道十分狭窄,敌人是逆水而上。只要枪声一响,竹排工就会四处逃窜,竹排就会停在河里动弹不得。现在敌人在明处,我们在暗处。我们要打敌人一个措手不及。"

副队长:"可是,敌人也不是傻瓜,等着被动挨打。一定会把竹排上的大批敌人调到岸上,来消灭我们。"

曹官记坚定地说:"这块肥肉我们一定要吃到口。我巴不得敌人上岸,我们必须想办法消灭他们。"

曹官记告诉副队长:"如果没猜错的话,第一个竹排装的应该是油脂品,你第一枪,先把它打燃,船队就会被封锁在这里。"

副队长提出:"双方僵持不下怎么办?"

曹官记:"僵持到天黑,我们就更有办法了。"说罢开始脱衣。

副队长急问:"你要干什么?"

曹官记指着船上说:"看到没有,那个竹排上面有一挺重机枪,这家伙可厉害了,一分钟就可以发射几百发子弹,对我们威胁太大,我潜水把它抢过来。"

副队长急忙拉住曹官记:"不行!这太危险了,这不是去老虎嘴里拔牙吗?"

曹官记嘿嘿一笑:"我这人从小就善于游泳,就喜欢强龙斗猛虎。

第十一章 望云思亲

现在，这里由你来指挥！"副队长死活不答应曹官记冒险，但最后不得不服从命令。接下来，曹官记躬身向岸边跑去。

副队长："全体注意，第一枪就是命令！"副队长端起狙击步枪瞄准第一只竹排，瞄准装置玻璃透镜上的十字线，随着"砰"的一声清脆枪响，竹排顿时被大火笼罩。国民党士兵惊叫着纷纷跳入河里，向岸边游来。落水士兵身后接连是巨大的爆炸声和腾空而起的火球……

众红军向岸边的敌人猛烈射击，敌人纷纷中弹倒地，竹排工抱头鼠窜。国民党士兵手握一挺重机枪，发出"哒哒"的射击声。子弹像雨点一般射来，红军被重机枪打得时而躲避，时而卧地滚动，有的甚至中弹牺牲……

这时，曹官记奋力潜水，在水中口含一根芦秆吸气，向重机枪竹排后侧游来。曹官记一触到竹排的边缘，就纵身跳到竹排上，拔出双枪，向敌人射击，瞬间敌人后背鲜血喷溅……

曹官记跳到重机枪手旁边，受伤的副射手发现曹官记扑来，跳起死死抱住曹官记。曹官记举枪抵近射击，副射手被打得向后飞起。其他敌人被吓得弃船滚入河中，曹官记操起重机枪猛射，水中泛起一片血红。

突然，一名倒地的敌兵，从后面抱住曹官记，把曹官记摔倒在地，曹官记急中生智，抬手用手枪向后怒射，敌兵渐渐瘫软。

曹官记跳到重机枪旁，摇动着重机枪，向岸边进攻的敌人猛烈射击，大批敌人被重机枪扫射倒地。

曹官记转向枪口，向其他竹排上负隅顽抗的敌人射击，敌人被打得抬不起头来，四处跳水逃命……

夜晚，岸边松子火把通明，映出红军、地方武装、百姓在搬运竹排上的大米、罐头、油盐、军服等物资，曹官记脸上洋溢着胜利的喜悦。

面对众多凶神恶煞的敌人，考验着每一位钢铁战士的顽强意志和坚定信仰，曹官记决心用鲜血和生命书写忠诚传奇。

第十二章 向死而生

1933年7月黄土岗·宋埠

第十二章 向死而生

这时,红二十五军与皖西红八十二师合兵一处,但很快被国民党军发现踪迹。1933年7月10日,国民党军第五十四师师长郝梦龄追杀过来。郝梦龄所部追击到黄土岗一带,急忙向汉口总部发电:

>   据悉,福田河至张家店一带,尚为伪二十五军七十三师及二十八军之一部盘踞,并于各高地筑有工事,职师郭(子权)、刘(家麒)两旅由石香炉、滴水岩一带"进剿",至张家店附近,探悉莲花山一带有潜伏之匪二三千人,枪支齐全,有向我截击之企图。当由郭旅"进剿",搏战甚烈,现仍在酣战中。汪旅正向黄土岗推进中。师部已抵麻城。

从电报中不难看出,敌人并不知道红二十五军连续苦战,加之饥荒部队已锐减到不足3000人,皖西红军也只有千把人。

在这种情况下,红色战士曹官记的革命信念始终没有动摇。战士们忍着饥饿、疲劳、伤痛和"肃反"带来的屈辱,仍然顽强抗击着敌人一六二旅下辖的"钢三团""钢四团"王牌部队的轮番进攻。

血战至7月11日，国民党军一六二旅旅长郭子权少将，在战斗中被击毙。失去指挥的国民党军群龙无首，不得不败退。

这时，更大的危机再次袭来。7月17日，敌人第五次"围剿"拉开序幕，大批敌军向红二十五军疯狂杀来，部队被挤压在光宇山、杨真山、紫云山、鹅公山等大山中，形势变得岌岌可危。

可是天公又不作美，连日暴雨倾盆，红军断粮多日，饥肠辘辘，有的战士因饥而亡。荒山野地里，战士们只能"天当被，地当床"，从军长到战士，多人因恶劣环境生病。

"兵马未动，粮草先行。"粮食对身陷困境中的军队的重要性不言而喻，粮食问题成了红军成功存活的重要先决条件。

为解决这支革命队伍的吃饭问题，军领导命令特务大队想办法打到山外去，夺取地主的粮食和国民党军的补给。这次任务复杂而危险，《中国工农红军第二十五军战史》记载：

> 每天派部队远到桃花甚至宋埠附近筹粮，亦不过日得一餐。而每次筹粮，因伤亡、掉队或中途病倒又造成很大的减员。红二十五军的战斗力削弱到了极为严重的地步。

在危机四伏的情况下，这支特种部队肩负着红军非常时期的特殊使命：他们经常活动在敌人占领区域，行动神出鬼没，主要任务是打土豪、抓团总，为苏区红军筹集经费、医药、粮食、物资，同时也刺探敌情、偷袭敌军等。

第十二章 向死而生

麻城市宋埠镇位于麻城市中南部，举水之滨，东邻中馆驿镇，北与顺河集镇接壤，南紧靠举水且与铁门岗乡隔河相望，西毗邻歧亭镇和红安县永河镇，历来是麻城市的政治、经济、文化重镇，在历史上享有"小汉口"之称。

这一带驻扎有国民党军陈耀汉的第五十八师，周围还有彭振山的第三十师、郝梦龄的第五十四师等，其危险程度可见一斑。

这次出征前，红二十五军军部司务长、同为光山籍的黄凤来老乡，特意用葛藤煮成糊糊给战士们吃，这已是当时最好的宝贝和待遇了。黄凤来告诉曹官记，部队经常筹不到粮食，常常以野菜充饥，有时甚至连野菜、树叶都找不到，只得剥树皮、挖葛藤吃。

然后黄凤来为战士们准备了3天的黄豆当干粮，这些黄豆只有伤病员才能享受。黄凤来嘱咐曹官记要把黄豆撒在枯草上，点燃枯草，火灭后黄豆也烧熟了。黄凤来随后亲自示范"吃法"，把黄豆在手心里一搓，搓掉外面的草灰，然后放进嘴里咀嚼。

曹官记听了黄凤来的介绍，感到部队这么艰难，心里五味杂陈，无论如何一定要完成军首长交给的艰巨任务，不辜负战友老乡的深情厚谊。他带领特务大队官兵向着猎猎飘扬的红二十五军军旗，铿锵有力地宣誓：

> 我们是工农的儿子，自愿来当红军，为着工农解放而斗争到底；我们是红色军人，要保证自己和同志们绝对遵守和服从苏维埃的一切命令；我们是苏维埃的柱石，誓以我们的血与肉发展民族革命战争，推翻国民党；现在敌人正大举进攻，我们要团结一

致，拿着刺刀和枪炮与敌决一死战，用我们的头颅和热血，换得苏维埃新中国；遵守革命纪律，服从上级命令。如若违犯军纪，甘受革命纪律制裁。

众红军跟着曹官记铿锵有力地复诵着每一句红军誓词，战士面部那宁死不屈的神圣表情在这一刻凝固。

雄鸡报晓。山下村庄的一处打麦场，一个"斗鸡眼"土匪吹响了集结哨，三三两两的土匪持枪向打麦场跑来。"斗鸡眼"土匪转身向背手站立的一名胖土匪跑去："报告大当家，队伍集合完毕，请训示！"

大当家丢掉嘴里的雪茄，走到队伍前大声训示着："弟兄们！我们'铲共团'大显身手的机会到了。对面山上的赤匪，据说不过区区百人，我们如同囊中取物！"

大当家做了个抹脖子动作，接着说："弟兄们！拿下这座山头，这方圆百里就是我们的地盘了。我们要借用国军的牌头，借力打力，扩大我们的势力范围。你们都好好干，将来混个团长、师长。"大当家接着一阵狂笑。

一名警戒的土匪匆匆跑步过来："报告大当家，有一队国军向我们走来了。"大当家一听："快请！"

曹官记一行大步而来，大当家连忙抱拳："有失远迎，有失远迎啊！请问贵军到此有何贵干？"

曹官记咬了咬牙，从牙缝挤出话来："我们是第五十八师搜山队，我姓曹。眼下战事急迫，不要客套。"

大当家："哦，曹大队长，辛苦啦！下面请曹大队长讲话。"

曹官记走到队伍前，向身后站立的大当家看了一眼。曹官记吼道："大当家，你站在这里干什么，有没有规矩，到队伍里去！"大当家情绪低落，进入队伍。

曹官记用手指着土匪："你看看你们，一个个斜肩搭背、松松垮垮的样子，成何体统？"

这时，一名土匪提着裤子跑来报告入列。曹官记怒斥："你是怎么回事，吊儿郎当的？"提着裤子的土匪："报告长官，昨晚偷吃了一只鸡，不知咋搞的，拉稀了。一拉就是三泡稀。"引起土匪队伍一阵哄笑。

曹官记不满："大当家，队伍集合点名了吗？怎么少一个人都不知道！"

大当家一听转身怒斥："'穿山甲'，你怎么搞的嘛！"

"穿山甲"连忙圆场道："报告曹大队长，这一说打仗，弟兄们，激动呗，就给忘了。"

曹官记面带愠色："没规矩不成方圆，下次再有迟到的，先拿当官的治罪。入列！弟兄们，你们抓俘虏的绳子准备好了吗？"

众土匪掏出绳子："准备好了！"

曹官记："很好！上峰有令，抓住一个赤匪，奖励大洋二十；抓住一个当官的，奖励大洋一百；抓住匪首的，奖励大洋一万。"说完迎来众土匪的一阵掌声。土匪叽叽喳喳私议："这么多，我可从来没有见过这么多钱啊！""上峰，真够意思！"

曹官记接着拿出布袋子里的大洋说道："弟兄们配合国军有功，'剿匪'有功，现在每人先发放两块大洋。大家把武器放在脚下，按队列的顺序前来领赏。"土匪一听，一个个笑得龇牙咧嘴。枪刚放下，曹官记大吼一声："打！"土匪纷纷倒地……

骄阳似火，好似被罩上一个大蒸笼，热得透不过一丝气来。在大山深处一座破败的庙宇里，曹官记来回踱步。

突然警卫员进来报告："大队长，有一名地下党来了，说有紧急情报！"曹官记请他赶快进来。

地下党气喘吁吁，进门就说："曹大队长……重要情报……白匪明天要往黄土岗运粮了……"

原来，宋埠国民党军这两天在宋埠附近强征4个轱辘的牛马拉的太平车，说是要往黄土岗运粮。粮食约有20辆大车，另有两车其他军用物资。为防红军中途截粮，派有一个连押运。

曹官记一听，精神为之一振："果真是条'大鱼'，我们已等候它多时了。马上通知队员开会，不论付出多大代价，我们一定要把这些粮食抢到手。"

队员们一听说要"虎口夺粮"，个个摩拳擦掌，兴奋不已。这也难怪，粮食已成为红二十五军的"命根子"。

曹官记又派侦察员与地下党到宋埠再侦察，密切注视着敌粮库的一举一动。当敌人强征到许多大车和牲口准备出发时，他第一时间将这一重要情报报告回来。

情报再次得到验证，曹官记召开了"伏击截粮"战前动员和部署会："同志们，我们必须明白，这是一场险仗、硬仗、恶仗，千万轻敌不得。押运的白匪有200多人，我们大队只有不足100人，敌人不仅在人数上占优势，而且枪声一响，宋埠距离黄土岗仅仅40

公里，两边的敌人就会沿着潢（川）麻（城）公路快速增援，并从南北封锁公路。即使我们成功抢到粮食，还有一个不利因素就是大车粮食重，目标大，转移速度慢，需要很多人手，稍有不慎，就会前功尽弃。这要求我们快、准、狠，以过硬的战斗作风，坚决完成军领导交给我们的任务！"

曹官记接着与3个中队长，在八仙桌上展开了一张地图，对伏击计划进行了反复研究，制定了作战方案。一中队负责拦头，二中队负责斩腰，三中队负责截尾。同时我们派出一部分力量密切监视宋埠和黄土岗方向的敌人。

夜幕降临，漆黑的大山寂静无声，除偶尔一两声狗吠外。随着远处传来公鸡高一声、低一声的打鸣声，东方出现鱼肚白，黎明到来了。千万缕光穿过树梢，照射在队员神情严峻的脸上。

突然，公路上几十个骑马的国民党军一路搜索着朝他们方向而来。过了一会儿，公路远处一片嘈杂，敌人的运粮车队终于出现了。敌军官不停地吆喝："快点，都给老子快点，到了黄土岗，国军有赏！"

运粮队到了距离伏击点50多米的地方时，运粮队伍已全部走进伏击圈，曹官记一声怒吼："打！"顿时，整个大山枪声四起，打得敌人人仰马翻。

接着，曹官记振臂高挥，一跃而起，迅猛杀向敌人，奔向粮车，消灭掉押车的敌人，赶着一大长串的牛车、马车，转向公路一处山间小道，朝部队所在的位置快速转移。

谁知，在这千钧一发的时刻，运粮队还临时增派了一个营尾随其后，大批敌人蜂拥而至。曹官记带领一个机枪班掩护部队转移，爆炸，浓烟四起；爆炸，泥石飞溅。

曹官记弓腰、跳跃，躲避着敌人的炮击。一枚尖啸炸弹从天而落，曹官记纵身滚入一个弹坑。阵地前沿，炮弹形成炸点、烟火，横木七零八落地在燃烧。这时，大批国民党军蜂拥而至。

曹官记命令："大家沉住气，打！"曹官记手持手榴弹一枚枚抛出，在敌群中间炸开。敌人被炸得东倒西歪，有的转身回撤，有的滚落到山下……

新的一轮攻击又开始了，敌人如同潮水一般涌来，但红军将士却毫无惧色，在战场中高呼着宁死不屈的战斗口号，决死宣布绝不会退让一步，直到一个个鲜活的生命昂首挺胸地倒下……

随着战斗的进行，身边的队员一个个壮烈牺牲。曹官记决心死死拖住敌人，为运粮队的同志们赢得宝贵时间。他大声鼓励："同志们！只要我们时刻牢记面对军旗许下的庄严承诺，胜利就一定属于我们！为军旗而战！为胜利而战！"

这时，观察哨大声疾呼："队长，敌人又摸上来了。"曹官记一看山坡，敌人黑压压一片，向红军阵地爬来。曹官记看了一下怀表并命令："一班长！你赶快带领其他人员撤离，我来掩护你。兵王、小羊倌留下。"

一班长哭泣："我们不走，誓与阵地共存亡。"

曹官记劝说道："别争了，还是我们留下，你们赶快撤！"

一班长："队里不能没有您，保住我们的根和队长的命，比什么都重要。"

曹官记神情严峻地端起枪，逼着一班长："走啊！快走啊！执行命令！"一班长流着告别的眼泪，向后转移了。

第十二章 向死而生

这时,大批敌人向上爬来。敌军官挥舞着手枪大喊大叫:"十八团的弟兄们!夺回粮食!当官的要身先士卒,当兵的要勇往直前,一鼓作气,拿下赤匪阵地,为戡乱救国立功,为领袖争光!冲啊!"

红军阵地一片硝烟,兵王迎着敌人射来的密集弹雨,摇动着马克沁重机枪,枪口火焰呈椭圆形散布……

神投手小羊倌手持手榴弹来回抛出:"叫你尝尝这个!叫你尝尝这个!"一枚枚手榴弹,炸翻扑杀过来的敌人……

山下一名敌军官,面部肌肉抽搐,心有余悸地放下望远镜,喃喃说道:"看看吧,我的心,每分每秒都在滴血,将士们前仆后继地冲锋,死伤惨重啊!我们对手的战术动作和单兵作战能力,令人生畏,让我的骨子里透露出一股尊重。"

敌军官命令敌士兵扛着掷弹筒,弹药手抬着炮弹向前跑动。敌军官用手示意士兵架设掷弹筒。弹药手从炮口装弹,敌军官指向红军阵地:"放!"炮弹在小羊倌跟前爆炸,气浪和硝烟把他包裹……

曹官记正在抓住重机枪急促射击,突然一声弹链的滑落声响起,他斜眼瞟了一眼跳动的弹链:"小羊倌,子弹,子弹!"曹官记侧身一看,小羊倌躺在地上,浑身是血,已没了气息。

突然,密集的子弹又击中兵王,他血红的双手趴在后面的壕沿,望着远去撤离的队伍,脸上露出了胜利的微笑……

此时,曹官记已被敌人团团包围,预示着绝唱即将到来。他将进行最后的搏杀,即便身陷四面楚歌,他依然展示着叱咤风云的勇猛刚强。

曹官记这时才发现自己的大腿被炮弹击中,鲜血"滴答滴答"地落在地上,已染红地面。曹官记掏出手枪向敌人射击,突然传来"叮叮"的空仓挂机声音，这是弹夹没有子弹的提示。敌军官一听，振臂高呼："弟兄们，他们没有子弹了，抓活的！"

血色残阳，余晖映照群山。破碎的战旗，被山风吹得哗啦啦地作响。远山近岭血色迷茫，一只苍鹰高昂凄凉地长吟，响彻天空。

众敌人有的持枪，有的手拿绳索，狰狞地挪动步伐走到曹官记跟前。曹官记藐视着敌人，冷笑一声："开枪吧，龟孙子们，你爷爷五百年后，又是一条好汉！"

敌军官走到仰卧的曹官记跟前蹲下，疑惑地说："我很好奇，是什么力量叫你们可以顽固不化，死磕到底。但是，撇开那些政治因素，单纯从士兵的角度讲，你们不愧是最优秀的中国士兵！"

曹官记怒目圆睁回答："有种的，咱们在阴曹地府再战！"敌军官听后面部表情一阵抽搐。

敌军官："我没有杀死你的意思，可惜了，至于把你交到军法处，那就另当别论了。带走！"

曹官记在最艰难、最困难、最危急的关头，毫不犹豫、挺身而出、勇往直前，坚定地完成党交给他的这次难以完成的筹粮任务，他把危险留给自己，把安全留给战友。他把自己的生命无私地交给了党和人民，以满腔的热血洒遍祖国大地。曹官记不幸落入敌手，下一幕将是英雄的悲歌绝唱……

第十三章　英勇就义

1934年2月宋埠

第十三章　英勇就义

七月的天，天空低垂，黑云压城。风呜呜地吼着，一代英雄就此落幕。敌人把曹官记关押在宋埠集中营，千方百计地想从他嘴里得到红军的有关情况，先是以高官厚禄劝其投降，却被他严词拒绝。

敌人又施以酷刑企图令其屈服。宋埠军法处刑讯室，阴森恐怖，摆放各种刑具。曹官记被五花大绑，押解到刑讯室。这时，两个行刑者拿着烧红的烙铁，烙在一名被捆绑在老虎凳上的男子身上，随即冒出丝丝青烟和响起男子撕心裂肺的惨叫，男子顿时昏厥过去。行刑者将冷水泼到男子脸上，男子渐渐苏醒。

军法处处长问："姓名？"男子沉默不语。军法处处长冷冷地说："上一号刑具！"两名行刑者把捆在老虎凳上的男子架到一号刑具前。

军法处处长又问："这是从德国进口的最新刑具，给你最后的机会。听到了没有？"男子微微睁开眼，然后又闭上了双眼。一名行刑者摇动刑具，男子的头部迅速向下，膝盖被迫抬高，快速挤压内脏，男子肌肉不停地抽搐，最终七窍喷血而亡。军法处处长挥挥手，行刑者把男子拖了出去。

153

军法处处长回过头冷笑，指着曹官记恫吓道："嘿嘿，你都看到了吧？到了军法处的人，都是'九死一生'。这一'生'就是你必须老老实实招出红二十五军的有关情况，免得遭受皮肉之苦。"

曹官记怒视："我只是一个伙夫，叫我说啥？"

军法处处长："谁相信，姓名？"

曹官记："曹官记。"

军法处处长："年龄？"

曹官记："三十有虚。"

军法处处长疑惑地打量着满脸沧桑、胡子拉碴的曹官记，说道："职务？"

曹官记："伙夫。"

军法处处长："家住什么地方？"

曹官记："白雀园。"

军法处处长脸一沉，恶狠狠地说："你说谎。来人，叫他如实招来。"两名行刑者，将曹官记的手脚呈"大"字形吊在刑架上。

行刑者手拿烧红的烙铁落下，曹官记凄厉惨叫着，伴随着全身一阵抽搐……无论敌人怎么拷问，曹官记始终坚称自己是一名伙夫。

军法处处长看问不出什么名堂，又看曹官记比抓到的其他红军年长许多，便开始相信他不过是个伙夫而已。但军法处处长还是不放心，又叫来炊事班班长问曹官记"菜案""配菜""炉灶"等一些厨艺知识，曹官记回答得准确无误。

这时军法处处长相信了曹官记的话，只好叫他拿四十块大洋赎人，想敲诈一笔钱放了曹官记。

第十三章 英勇就义

当时，白雀园的裁缝徐金发等人因参加过农会，被敌人逼得难以在当地安身，被迫跑到宋埠落户避难。他们知道曹官记被捕后主动找人送信，把情况告诉他的家属和妻弟孔令文、地下党妻弟媳妇郑芝文等人，郑芝文急忙找到白雀园地下党组织汇报此事。地下党组织随即千方百计地着手筹款，准备通过赎买救出曹官记。

与此同时，白雀园被曹官记打击过的土豪劣绅探到此消息，他们抢先跑到宋埠去向敌人告发，说曹官记是共产党员，在红军里当了不小的官。

敌人一听乐不可支，心想到底抓到了一条大鱼，不能错过邀功请赏的良机。他们又开始在曹官记身上下功夫，威逼利诱，故伎重演。曹官记受尽酷刑，宁死不屈。

敌人一计不成又生一计，想从曹官记的家人那里打开缺口。他们派人到白雀园，在地方反动分子的指令下闯进曹家。曹官记家里早有防备，料到敌人早晚要来抄家和抓人，在孔令文一家的帮助下，临时把孔令青和3个孩子送到商城余集的亲戚家隐蔽起来，只有父亲曹庆山老人不肯离开，留家看门。

一个南腔北调的敌军头目抓住老人连哄带吓，要他讲出儿子的真实身份，交出儿媳和孙子。老人不吃他那一套，说儿子离家几年一直没有音讯，不知在外面干些啥，儿媳妇早带着孩子讨饭去了。

敌人暴跳如雷，残暴地抡起扁担就打，把老人打得七窍流血，还是没得到想知道的信息，只好骂骂咧咧地走了。不久，曹庆山老人含恨离世。

曹官记早已置生死于度外，他始终牢记对党的宣誓，严守党的秘密，同敌人进行了坚决的斗争，既经受了严刑拷打，又挫败了敌人的"劝降"伎俩和"感化"阴谋。他表现出革命者宁折不屈、视死如归的英雄气概和钢铁意志。

敌人费尽了心机,伤透了脑筋,几个月来一无所获,再拖延下去,又怕被共产党劫狱救人。自古以来死刑的执行,实行"秋冬行刑"的制度。统治者根据"天人感应"理论,规定春夏不执行死刑。除谋反大逆"决不待时"者以外,一般死刑须在秋天霜降以后,冬至以前执行。因为这时"天地始肃",杀气已至,便可"申严百刑",以示所谓"顺天行诛"。于是敌人决定在腊月三十对他下毒手。

1934年2月13日,腊月三十过大年这天,雪飞风吼,天怒人怨。寂静监狱的走廊,阴森恐怖,传来"噔噔"的皮鞋走路声。一队行刑者,持枪走到牢房门口,打开铁锁。

宪兵队队长走入牢房:"曹官记出来!"曹官记回头坦然一笑:"龟孙子,等着。"曹官记手指蘸着鲜血,在牢房土墙上写下:

要吃辣椒不怕辣,要当红军不怕杀。
刀子放在颈杆上,脑壳砍了也尽它。

曹官记写完,端详了一下,然后放声长笑。沉重的脚镣声"哗啦哗啦"地传来,皮开肉绽的曹官记膝盖裸露,血肉模糊,一瘸一拐,鲜血滴落在地。曹官记昂首挺胸,缓缓走来。铁窗狱友,含泪目送曹官记。

凛冽寒风中,街道沿途站满了人。一个行刑者走在前面,边敲锣边吆喝,"快来看啊!枪决共产党啦!"曹官记脖子后插着斩标"赤匪头目曹官记","曹官记"三个字被画了红叉。大批军警、特务、团丁跟随其后。

捐躯赴国难,视死忽如归。曹官记同志被关押了半年,虽然已被折磨得面黄肌瘦、步履艰难,胡子拉碴、头发凌乱,但依然目光炯炯、英气逼人。

刽子手们如临大敌,在宋埠河滩摆好了杀人阵势。在刑场上,曹官记面对凶恶的敌人破口大骂:"你们这些白狗子,杀了老子一个,还有千千万万的共产党员和红军,他们会给我报仇的!"

他又向被赶来围观的老百姓喊道:"反动派快完蛋了!革命一定会胜利的!"众乡亲们无不动容,有的攥紧拳头,有的暗自抹泪。敌人见状慌了手脚,连忙战战兢兢地端起了枪。宪兵队长急忙下令:"把他眼睛蒙上!"

曹官记鄙视地一笑:"别枉费心机了,省一块布,拿回去做尿布吧!"

宪兵队队长恼羞成怒:"死到临头,你的嘴还这么硬。"

曹官记面向敌人昂首站立,指着心脏,怒不可遏:"刽子手!手别发抖,对准这里。老子到了阴曹地府,还要革你们的命!"

宪兵队队长气急败坏叫喊:"预备——放!"

曹官记振臂高呼:"红军万岁!共产党万岁!"最后的呐喊响彻云霄,在天空久久回荡。

他不愿苟且偷安地活着,更不愿意玷污写满功勋与光荣的战旗,英雄在绝境中做了最后的不屈抗争,书写了永不褪色的名字,撑起了一支英雄部队的苦难辉煌。

这位白雀园地区最早的共产党的组织者和宣传者、光山独立团团长、红二十五军特务大队队长,在狱中受尽酷刑,他以成仁取义走完了辉煌生命的最后旅途，就义于麻城宋埠举水河畔的白龙岗河滩，年仅29岁。

曹官记被捕和就义后，他的妻子孔令青带着幼小的3个孩子过着更加艰难的生活。当时白雀园街上的反动势力和地痞流氓大头老先、李仔恒、邹建宇、魏老太爷等，也开始反攻倒算，没有放过他的家人，先后多次把孔令青抓到白雀园西后街邹家宅子白匪的据点和伪乡公所逼打审问，说她家藏有共产党、红军的贵重东西，必须交出来，可她始终不肯说出实情。尽管敌人对她使用竹签钉手指和夹手指等酷刑，但她都坚强地挺住了。

1937年7月19日，孔令青又一次被敌人折磨得奄奄一息，敌人残酷地把她丢在荒郊野地死活不管。她吃力地爬回家中，家里已是家徒四壁、没吃没喝。她瘦骨嶙峋，抱着儿子曹明厚落泪叹息，然后昏死过去。

这时大女儿曹明赋急忙跑到舅舅孔令文家，要来一碗米汤叫她喝，千呼万唤，娘总算有了一丝模糊意识。嗷嗷待哺的儿子曹明厚饿得哭喊不停，母亲对孩子的爱无处不在，她把最后一碗米汤让给了儿子，不懂事的孩子永远不知道母亲将要付出的是什么。母亲无论多么不易，甚至面临死亡，也要与死神做最后的抗衡，拼尽全力保全自己的孩子。

过了一会儿，孔令文妻子郑芝文匆匆从外面进来，一摸孔令青已经没气了，才知她婆姐以这样悲惨的方式离世。3个孤苦伶仃的孩子哭得死去活来，可娘再喊也活不过来了。

为了让烈士妻子安息，生者安心，得知消息的烈士岳母付氏正

第十三章 英勇就义

在河东边二女儿家借粮，恰逢暴雨倾盆，东河湾河水泛滥，付氏被困在河边撕心裂肺地号啕大哭。后来好不容易找到一个打渔的划子，请人游过去把付氏接回来，付氏才和死去的女儿见了最后一"面"。

夫妻俩先后离世，留下了3个无依无靠、孤苦幼小的儿女，他们分别只有6岁、8岁、12岁。为了给烈士妻子买上一口棺材，让她入土为安，曹家人不得不以"卖身契"的方式将两个幼女许给乡下姓孙的和姓袁的两家做童养媳，向他们借了一些钱财，买了几块板子钉在一起，才把被国民党逼死的孔令青偷偷埋葬在白雀园西边的小龙井。

在白色恐怖下，曹家人早已或东躲西藏，或外出讨饭，或改名换姓，曹官记的侄儿曹明友，不得不改叫宋承明，沾亲带故的亲人都怕招来杀身之祸。烈士曹官记的牺牲，竟然牵连着三代人和众多的曹氏宗亲。

孤儿曹明厚更是不得不更名改姓，依然被迫东躲西藏，常常缺吃少穿、衣不遮体，过着非常凄惨的童年。但是舅舅孔令文冒着被杀头的危险，不忘姐夫曹官记烈士深夜托付，在孔家照顾烈士儿子，与表姐妹一起相依为命地生活。

在抗日战争时期，随着北平、太原、上海、南京、武汉、长沙、广州、桂林等一个接一个的中国城市落入日军之手，大批的中国百姓为了躲避战火流离失所，选择逃亡。

白雀园也在所难免，日寇的侵略，使得白雀园无数百姓失去了他们的房子、土地，以及亲人，迫使他们不得不离开故土，大量难民"跑反"逃亡。孔令文和郑芝文夫妇用箩筐挑着外甥曹明厚和表姐妹，扶老携幼逃难"跑反"。

在逃亡过程中，日寇炮火的袭击以及飞机的狂轰滥炸，使很多难民在逃难途中死在日寇的枪炮下。沿途到处都是熊熊烈火，人声、枪声、炮声、追逐声、鸡鸣狗吠声，乱成了一团，惨不忍睹。

他们在"跑反"中，长途跋涉、缺衣少食、历尽艰辛、惊险无数，不知何处是尽头。孔令文和郑芝文夫妇坚定地抱着宁肯自己饿死累死的决心，也要践行姐夫曹官记烈士深夜托孤的承诺。在那段国仇家恨的深重灾难中，好在有党组织的暗中帮助，孔令文和郑芝文夫妇才艰难地度过最黑暗、最艰难、最危险的时期。

"一唱雄鸡天下白。"1949年1月30日，光山解放了。"长夜难眠赤县天"，受尽苦难的中国人民，终于盼到胜利的这一天。英雄的血没有白流，你们是民族和祖国的骄傲！历史将永远铭记你们！

第十四章　感谢党恩

1949年10月光山

第十四章 感谢党恩

中华人民共和国成立后,在党组织的关心下,曹官记烈士的儿子曹明厚(生于1931年10月27日,卒于2007年4月16日)由政府提供生活费并安排免费上学,于1952年8月参加工作,1956年10月加入中国共产党,在光山粮食系统工作了大半生。尤其是1973年3月至1989年11月,在曹明厚担任光山县粮食局副局长、局长和书记期间,为光山粮食企业的建立和扩展、粮办工业的形成、粮食职工和干部队伍的建设,打下了坚实的基础。

曹明厚同志在工作中,始终把政治过硬作为永远的旗帜,坚定理想信念,在历次革命任务中经得起组织上的考验,把忠诚和信仰注入灵魂,永葆共产党人的政治本色;他时常回忆中华人民共和国成立前自己身为孤儿的苦难童年,意识到中华人民共和国的幸福生活来之不易,不断努力学习业务知识,下定决心把革命工作做好,永远铭记跟着共产党走,得到不断进步、发展与成长;把党和人民的事业作为人生的不懈追求,忠于职守、勤勉尽责,在干事创业中贡献社会、奉献自我;始终保持一股艰苦奋斗的劲头和坚韧不拔的精神,认真、扎实、尽力地干好每一项工作;在难题面前敢于开拓,在矛盾面前敢抓敢管，在困难面前敢担责任；做到一尘不染、一身正气，在大事难事面前体现担当，在逆境困境中展现襟怀。

特别是在20世纪七八十年代，按照中国以计划经济为主时期的粮食供应政策，为缓解全县商品粮供需问题等矛盾，曹明厚同志克难攻坚，做了大量的工作，取得了杰出的成绩，得到了省、地、县党政机关领导和人民群众的赞誉，多次被评为河南省、信阳地区和光山县粮食系统先进工作者、劳动模范等称号。

在生活中，他继续发扬和传承父亲红色的革命家风，保持艰苦奋斗、勤俭节约的优良传统，尊老爱幼，关心培养年轻一代。

退休后，他广泛结交全国各地的亲朋好友，经常在家热情接待从外地回乡的新老朋友；对公益事业和社会组织积极扶危济困，主动出力；遇到人民子弟兵更是热心快肠帮助，认为他们的事就是自家的事，人民子弟兵为国家舍生忘死，他们是最可爱的人。

作为红军后代的曹明厚因长期操劳过度、积劳成疾，过早走完了奋斗的一生。在他生命的弥留之际，仍然念念不忘家国情怀，并叮嘱家人永远跟党走。

20世纪五六十年代，他每年都回白雀园孔令文舅舅家过年，对待一起长大的孔家表亲们，他更是一直以兄弟姐妹相称；二姐曹明英在世时，曹明厚经常回明清老街看望问候乡里的乡亲们，特别是正月十五元宵节（光山送灯节），他都要带着家人回去送灯，送灯后便邀请几个长辈聚在二姐家把酒言欢。对待曾经直接或间接帮助过他的亲朋好友，他都是以"滴水之恩当涌泉相报"的热情回馈和无私赠予。

第十四章　感谢党恩

每年农历九月十七（曹明厚生日）、四月廿四（程昭辉生日）和大年初四，晚辈们不约而同地来到光山县城。显然，生日拜寿、集中拜年已成为大家庭成员们阖家团圆的仪式……

曹明厚受到了宗亲内外和大家庭一致的拥护和爱戴，在白雀支系的《曹氏家谱》开篇，图文并茂地称道曹明厚：

> 将府遗孤一棵松，
> 吾族局长明厚公；
> 党政部门有名次，
> 一世廉政袖清风；
> 公虽驾鹤仙游去，
> 声名永载史册中。

烈士儿媳程昭辉（生于 1933 年 5 月 18 日，卒于 2023 年 10 月 3 日），1952 年 8 月参加工作，1990 年 7 月退休，一生为光山县粮食财务工作和粮食系统发展作出贡献。她 1956 年 10 月加入中国共产党，光荣在党 67 年。

受曹明厚、程昭辉夫妇的言传身教，全家人都加入了中国共产党，4 个子女曾陆续担任过不同的领导岗位，其中 3 个儿子都继承了爷爷曹官记的遗志，应征入伍，在部队得到思想作风的全面锤炼，积淀了深厚的红色基因和优良的传统，进一步坚定了践行初心使命的信念；孙辈们都受过高等教育，回首来时路，感谢党恩，以卓越的工作成效回馈社会；日月交替，岁月变迁，曾孙们陆续来到人间，他们"生在红旗下，长在春风里"，享受着党的阳光雨露，乘着和煦温暖的春风茁壮成长。他们仍延续着优良家风和曹家古训：忠孝两字传家宝，诗书万卷教子孙。

作为红军烈士的遗孤，曹明厚与光山籍红军将领尤太忠上将有着别样的感情：尤太忠上将是一名经历过枪林弹雨的将军，与曹明厚一家保持着书信往来。这些饱含深情的书信，表达了将军对家乡建设的牵挂，同时也展现了一位老共产党员大公无私、严于律己、不忘初心的家国情怀；在字里行间，曹明厚一家对将军的亲切关心和深深感谢得到了充分体现。

尤其在20世纪80年代初期物资稀缺时，尤司令饮水思源，始终不忘老区人民的无私奉献和英勇献身，应请求特从部队指标中先后调配吉普车和伏尔加轿车各一台，用以帮助支援光山粮食系统的工作和发展。

将军有着拥民梦，曹明厚有着拥军情，形成了军民共述鱼水情的画面。在计划经济时代，物资紧缺，一切凭票证购物。当曹明厚得知有些外地驻军部队和原中国人民解放军中南军区军工医院（现为湖北省第三人民医院）粮油使用发生困难时，他心急如焚，千方百计克服困难，调剂粮油和土特产支援部队和军队管理的相关单位，及时把党和光山政府的温暖送到人民子弟兵心坎上，体现了军爱民、民拥军，军民团结一家人。

20世纪80年代中期，尤太忠作为广州军区司令员到武汉视察汛情，曹明厚特地从光山赶到武汉探望。1988年元月，曹明厚带着粮食部门人员和光山县领导一行7人，代表光山近70万人民到广州慰问，尤司令在家里热情地接待了家乡人员。

1988年9月，作为17名高级军官之一的尤司令被授予上将军衔后，从北京返回光山老家，曹明厚参与接待，为家乡有这么一位优秀的将军，感到无比的骄傲和自豪。

尤司令与家乡人民不仅有着密切联系，他还十分关心烈士纪念碑的设计和修建，并为光山县革命烈士纪念碑题词："为革命英勇献身的烈士们永垂不朽！"并对投身革命队伍而英勇牺牲的烈士后代和遗孤十分关心，多次强调：对烈士的后代，应给予更多的照顾和帮助。一言一语都体现出老将军对烈士后代浓浓的关爱之情。

目前已年近百岁的曹官记大女儿曹明赋（生于1925年10月8日），在20世纪30年代受父亲的影响成为当地儿童团成员。战争期间，她常为革命队伍出入白雀园站岗放哨。中华人民共和国成立后的几十年，她一直生活在农村。

每每回想起久远的父亲，她仍清晰地记着父亲属龙和其农历八月廿七的生日。谈起早年父亲离家时的情景，她常常忍不住热泪盈眶。

曹官记二女儿曹明英（生于1929年7月21日，卒于1996年9月13日），一生不愿意离开白雀园，她在明清街上生活了一辈子，是家里的贤内助。父亲离别之际，她虽然只有4岁，但曾无数次听舅舅孔令文和小姑曹观青等长辈们提起父亲曹官记的英雄事迹。

在白雀园街上的徐金发裁缝，常说起当年曹团长英勇就义时的场景，更令曹明英无比怀念父亲。因此，曹明英对身边的大女儿常常讲述她姥爷许多的生活往事和红军故事，使得英烈的事迹得以长久流传。

曹官记烈士的后代都时刻牢记着党的恩情，传承着先祖英勇无畏的革命精神，在各自的工作岗位上辛勤工作。一代又一代烈士后裔们孝敬长辈、教育子女，保持和发扬红军的革命精神，让红色精神绽放时代的光芒。

第十五章 魂归故里

1988年4月宋埠·白雀园

第十五章 魂归故里

英雄从历史中走来，完成了他们革命的一生。曹官记的形象始终在儿子曹明厚心中魂牵梦萦，但又怀而不在，念而不得，无尽的思念总是涌上心头，让父亲长期在外的英灵早日回归故土安息，是儿子和曹家后人们最大的心愿。

为完成这个强烈愿望，1988年清明节前夕的4月2日，儿子曹明厚带领一行十几人，在鄂豫两地老红军和麻城市政府人员及宋埠镇当地百姓的帮助指引下，来到父亲曹官记55年前英勇就义的宋埠白龙岗河滩。

他首先向父亲流尽最后一滴鲜血的地方深深三鞠躬，然后泪流满面、双膝跪地，虔诚地捧起一抔沙土作为父亲遗骨的象征，泣不成声哽咽道："父亲，儿子来接您回家啦！"

在得知红军英烈的"遗骨"回老家安葬时，白雀镇和雷堂乡干部群众和学生1000余人来到灵柩经过的道路两旁，大家手持白花戴着黑纱，排队举着花圈，流着眼泪，迎接烈士回家。

虽然烈士走了，但党和人民没有忘记，历史的天空没有忘记，他赢得了时空的轮回，人们依然传颂着英雄的故事。

在曹家的祖坟地白雀园田大岗山坡召开了迟来的纪念大会，会场上悬挂着"革命烈士曹官记同志墓碑落成纪念大会"的横幅，会议由光山县民政局、白雀镇人民政府、雷堂乡人民政府联合举办，纪念大会议程：

  一、大会开始，鸣炮；
  二、向革命烈士敬献花圈；
  三、向革命烈士静默致哀，静默止；
  四、白雀镇党委书记向昭谦讲话；
  五、革命烈士亲属曹明厚致辞；
  六、向革命烈士亲属致以慰问，向烈士墓献花；
  七、纪念会议结束。

纪念大会气氛庄严肃穆，由雷堂乡党委书记金维勉主持。现场为了表达哀思之情，特地鸣了29响礼炮。在低回的哀乐声中，曹官记亲属含泪敬献花圈致哀，各界人士手持花束来到烈士墓碑前低首告别，寄托心中无尽哀思。

白雀镇党委书记向昭谦同志，在革命烈士曹官记墓碑落成纪念会上讲话：

  同志们、乡亲们：
    今天是革命烈士曹官记同志牺牲五十五周年纪念日，也是清明佳节前夕为广大革命先烈扫墓的日子。为此，我代表光山县白雀镇党委政府、并受雷

第十五章 魂归故里

堂乡委托，向革命烈士曹官记及其他革命先烈一并致哀（鞠躬），向烈士的家属致以亲切的慰问！

在漫长的民主革命时期，尤其是在土地革命时期，白雀园是鄂豫皖苏区根据地重镇之一，这里参加土地革命的人数以万计，许多前辈为了中国革命牺牲了宝贵的生命，曹官记同志就是这些烈士中的杰出代表之一。

曹官记同志生于一九〇四年十月六日，出生于本镇一个贫苦市民家庭。一九二六年参加革命，一九二七年加入中国共产党，先后任白雀镇赤卫队队长、第八游击大队队长、光山独立第三团团长。一九三二年十一月，光山独立团正式编入中国工农红军第二十五军，曹官记同志任红军营长，一九三三年七月，调任军部特务三大队队长职务。

曹官记同志生前，一向忠于党、忠于人民、忠于革命事业，英勇善战，坚贞不屈，是一名优秀的红军指战员。曹官记的英名已经光荣地载入了中国工农红军第二十五军军史史册。他屡立战功，在鄂豫皖苏区第三次反"围剿"斗争中，他曾率部参加过震惊豫南五县敌军的仁和集战斗和攻克商城县的战斗，在第四次反"围剿"斗争中，率部参加过历时四十三天、艰苦卓绝的七里坪攻坚战。

在每次战斗中，他总是身先士卒，奋勇杀敌，先后三次负伤，仍继续坚持战斗而不下火线，为武装扩展鄂豫皖苏区，保卫红色政权，打击反动势力，推进大别山区的土地革命作出重要的贡献。

鄂豫皖苏区第四次反"围剿"斗争失利后，在革命处于低潮、敌我斗争日益残酷的艰难岁月里，曹官记同志革命意志坚定，毫不动摇，他率领全营红军战士经受着最严峻的考验。部队经常断粮，有时数日无餐，在山林里一日数迁，时时应战，忍受着饥饿和疲劳，坚持同敌人搏杀周旋。

为了给红军筹集给养，军部决定再增建两个特务大队，配备强有力的营职干部担任领导，调曹官记同志任特务三大队队长兼教导员。为了红军的生存，他率领特务队的同志，多次冒着生命危险去拦截敌五十八师后勤队的大米、弹药，供给红军，引起了敌人的震惊和警觉。

一次，他带人到宋埠附近筹粮，不期与敌五十八师一个团遭遇而陷入重围，曹官记同志奋起指挥全体特务队员，与敌人展开殊死的拼搏，终因弹尽粮绝、寡不敌众而失利，曹官记同志不幸被俘，押到宋埠囚禁。

他在敌人施以高官厚禄诱降面前坚贞不渝，在酷刑之下威武不屈。敌人软硬兼施全落空，终于下了毒手。一九三四年二月，受尽残刑遍体鳞伤的曹官记同志，在敌人的枪口面前志如钢铁、视死如归，高呼革命口号，在湖北麻城宋埠东门外干沙河英勇

第十五章　魂归故里

就义，表现了一位共产党员宁死不屈的革命气概，此时年仅二十九岁。

曹官记同志英勇牺牲已经半个多世纪了，但他的革命英雄形象仍然留在人们的心目中，他的革命精神将永远激励着我们为建设具有中国特色的社会主义而阔步前进。

曹官记烈士的革命精神永垂不朽！

白雀镇党委书记向昭谦，在纪念大会上深情地追忆曹官记同志革命斗争的英雄事迹，回顾他短暂而光荣的一生，沉痛悼念魂归故里的烈士，并号召家乡人民向英勇的红军致敬和学习。

革命烈士的儿子曹明厚，在墓碑落成纪念大会上百感交集地致辞：

同志们、乡亲们：

今天，在我父亲牺牲五十五周年的日子里，我同家人及子女们，利用清明节扫墓的机会为他老人家立碑纪念。这一方面表示我及家人，也包括大家对革命先烈的悼念；一方面也实现了我及家人、子女将他老人家的遗骨由他乡送回故里的愿望。

在为我父亲立碑扫墓的日子里，我们得到了白雀镇、街、雷堂乡党委和政府、县民政局等各个部门，以及亲戚、友邻、乡亲们的大力帮助、支持，特别是白雀镇、雷堂乡的负责同志以及粮管所同志，亲自到我父亲牺牲的地点帮助办理有关事宜，在此，

> 我代表全家，向各位领导和同志们、乡亲们表示衷心的感谢！
>
> 　　父亲为党为革命献出了自己的生命，他的行为教育和激励着我们，我们决心继承他老人家的遗志，发扬艰苦奋斗的精神，努力学习和工作，为党和人民作出应有的贡献。白雀、雷堂是我的家乡，党和政府对大家的情谊是难忘的，我们只有共同学习、共同建设、共同致富、共同前进。
>
> 　　最后，我要再一次向大家表示谢意。

　　逝去的是生命，永恒的是灵魂。曹官记同志因信仰而坚定、因梦想而无悔、因救国救民而执着，在大别山地区书写了气壮山河的诗篇，在人民心中树起了永不磨灭的丰碑！

　　由中华人民共和国中央人民政府颁发和毛泽东主席签署的《革命牺牲工作人员家属光荣纪念证》，中华人民共和国民政部颁发的《烈士证明书》中写道：曹官记同志在第二次国内革命战争中牺牲，被评定为烈士！

　　《中国工农红军第二十五军战史》（第二稿）中，河南光山籍曹官记的英名，与红二十五军军政委吴焕先、鄂豫皖省委书记沈泽民等同时期的革命先烈一起，永远载入了史册！

　　在《河南省光山县革命烈士英名录》《光山县民政志》《光山县革命老区发展史》等书籍的"英烈"一栏中，以及光山县烈士陵园的鄂豫皖苏区革命烈士光山纪念碑、光山王大湾会议会址纪念馆的英烈碑廊纪念墙上，曹官记的英名均被铭刻在首位，被誉为光山烈士

第十五章 魂归故里

第一号！

有光山籍学者赋词，盛赞曹官记烈士：

    少小家贫无斗升，
    参加革命入枪林。
    筹粮借款奔波走，
    征战御敌风雨行。
    匡正义，救弱贫，
    舍生取义献赤心。
    壮士情怀传千古，
    豫南大地留英名。

从2014年开始，国家规定每年的9月30日为烈士纪念日。每年的这一天，党和国家领导人与广大人民群众，都在首都北京天安门广场人民英雄纪念碑前举行纪念仪式，缅怀英雄烈士。

历史不能忘记，历史永远铭记！英雄不能忘记，英雄永垂不朽！一个国家不能没有英雄，一个民族不能没有英雄。每一位为国捐躯的英烈都应被世人敬仰，每一种舍身报国的壮举都应被铭记！

1949年9月30日，中华人民共和国宣告成立的前一天下午6时，开国领袖和全国政协委员集体参加人民英雄纪念碑的奠基仪式，并由毛泽东主席宣读由他题词的纪念碑碑文。

建成之后的人民英雄纪念碑，正面为毛泽东主席题写的"人民英雄永垂不朽"，背面是周恩来总理题写的鎏金碑文：

三年以来，在人民解放战争和人民革命中牺牲的人民英雄们永垂不朽！

　　三十年以来，在人民解放战争和人民革命中牺牲的人民英雄们永垂不朽！

　　由此上溯到一千八百四十年，从那时起，为了反对内外敌人，争取民族独立和人民自由幸福，在历次斗争中牺牲的人民英雄们永垂不朽！

曹官记虽然走了，但在历史的长河中，没有什么祭礼比被人民铭记更隆重，没有什么奠仪比被人民缅怀更崇高，这是他风华的延续，也是他壮志的凝聚。他的生命虽然短暂，却奏响了叱咤风云的生命礼赞！

第十六章　不忘初心

2019年5月武汉·白雀园

第十六章　不忘初心

硝烟已逝而精神永在，大别山区人民在中国漫长的革命历程中发挥了重要作用，为中华民族的解放作出了巨大贡献。

今天，在习近平新时代中国特色社会主义思想的指引下，大别山区域发生了翻天覆地的变化。特别是光山县高质量通过脱贫核查验收，于2019年5月9日正式宣布脱贫摘帽，退出了国家贫困县的行列，终于实现了先烈们早年的革命愿望。

现在的人们生活在前辈流血牺牲换来的新社会，享受着丰富物质文化生活和新时代科技带来的幸福美好日子。此时此刻，光山人民更加缅怀曹官记这位中国革命早期忠诚的共产党员、坚强的革命战士、英勇的红军大队长，大别山永远铭记他不朽的功绩，他光辉的形象永垂千古。同时，红军曹官记英勇献身的革命事迹，给他的家乡和后代们永远留下了岿然不灭的光辉形象。

2019年6月29日，在中国共产党成立98周年之际，由光山县白雀园镇党委主办、武汉市光山商会党支部协办的"不忘初心、牢记使命"主题党日活动，在白雀园红军广场隆重举行。大会由时任白雀园镇党委书记陈新同志主持，中央办公厅光山挂职扶贫领导、光山县领导、鄂豫皖三省党员干部、烈士后裔、老区群众等千余人参加了活动。

烈士牺牲85年后,烈士的孙子曹荣生积极响应白雀园政府号召,为红军广场捐建红军像、红军井,为白雀园打造红色历史文化景观,增加爱国主义教育主题内容。一抔土,一捧沙,将麻城宋埠与光山白雀园紧紧连接。

红军像总高2.98米,寓意曹官记烈士就义时29岁,在建党98周年之际在故里立像。胸像由铸铜锻造,基座为整块中国红花岗岩,其高、宽、厚尺寸为1904毫米、1000毫米、600毫米,这代表着曹官记烈士出生于1904年10月6日。

基座上方正面是中国工农红军第二十五军当时的军旗,两侧分别是在红二十五军著名郭家河战役中曹官记营长指挥作战和曹官记大队长在麻城附近为红二十五军打粮掩护撤退的浮雕,背面是曹官记烈士生平介绍;基座下方四周为各地域对应的大别山代表性山峰造型,即大别山在河南的主峰金刚台、新县的金兰山、麻城的纯阳山和曹官记烈士出生地白雀园的大尖山。

曹官记烈士的孙子曹荣生,代表烈士后裔在台上作了发言:传承是最好的纪念,发展是最好的告慰。我们现在的幸福生活,是千万中华英烈抛头颅、洒热血换来的,是靠勤劳努力奋斗得到的。我们要继承和发扬红军老一辈革命家坚定的理想信念和不怕牺牲的革命精神,坚定感党恩、听党话、跟党走。我们要永远牢记这段光辉的历史,缅怀革命先烈、传承红色基因,一定要让红色江山世世代代传下去。

湖北省麻城市红色文化研究会会长、鄂豫皖苏区红军发展史研究专家李敏,深情回忆了曹官记烈士的牺牲经过:1933年7月,在第五次反"围剿"作战中,红军战士们有很多天是饿着肚子与敌人打仗。担任红二十五军特务三大队大队长的曹官记，奉命带领小分队外出打粮，不料在麻城与国民党五十八师遭遇而被俘。曹官记被关在宋埠监狱半年之久，坚贞不屈，于1933年农历大年三十，在宋埠镇举水河河滩英勇就义，年仅29岁。

光山县副县长马建国代表县委、县政府讲话：白雀园镇蕴藏着丰富的传统文化、红色文化、民俗文化，在这块红色沃土上，英勇的白雀园人民为中国革命解放事业前赴后继、勇往直前，曹官记烈士就是坚定理想信念的典型代表。今天，白雀园镇党委、政府带领全镇人民在致力白雀园镇经济发展、决胜脱贫攻坚中取得阶段性胜利成果。这是全镇上下坚定理想信念、不忘初心、牢记使命、践行发展的生动体现。在县委、县政府的坚强领导下，白雀园镇一定会充分发挥其优势，充分利用红色资源、文化资源、生态资源、旅游资源，大力发展支柱产业，将白雀园镇建设成名副其实的中州名镇、豫南明星乡镇。

活动现场还举行了捐款、捐书仪式。红军后代、红军烈士后裔代表、武汉市光山商会党支部代表、光山县行政服务中心党工委代表、光山县曹氏文化研究会代表、白雀园镇驻外党支部代表、社会各界成功人士及白雀园镇老街居民等先后为红军广场建设捐款379199元。

河南广播电视台、信阳广播电视台、《信阳晚报》、光山广播电视台、《长江日报》、汉网等媒体及时报道此次活动盛况。河南广播电视台对曹官记烈士后裔代表曹荣生、时任白雀园镇党委书记陈新同志分别进行了采访；河南卫视、信阳电视台、光山电视台，均在7月1日黄金时间进行播出。

"哪有什么岁月静好，不过是有人替我们负重前行。"英烈已逝，音容长存。每一场跨越时空的致意，都会传承英烈遗志，凝聚社会共识，在未来前行的路上，激励国人风雨同舟。

真实记载红色历史，缅怀先烈丰功伟绩，弘扬前辈革命精神，是我们共同的责任和义务，更是红色基因传承的基础。

2019年9月30日，是国家设立烈士纪念日后的第六个烈士公祭日，在曹官记烈士牺牲地湖北麻城，改扩建后的麻城烈士陵园重新开园。由湖北红军精神研究会组织的"重走红军路·鄂豫皖苏区行"活动，一行25名红色基因传承人受邀参加开园仪式，曹荣生应邀到场。

新增的烈士广场纪念墙雄伟壮观，上面铭刻着"曹官记"的英名；新开馆的鄂豫皖红军发展史陈列馆中，"红二十五军特务队"作为鄂豫皖红军发展过程的一部分，在展示板上作了介绍。

曹官记最后任红二十五军特务三大队大队长。他与曾同在特务四大队一个班的韩先楚上将、刘震上将、陈先瑞中将一起并肩战斗过，最终聚成一生一世生死兄弟。这些记忆将永远伴随着人们，成为后人最宝贵的精神财富。

2019年10月6日，是烈士曹官记115周年诞辰之日，烈士后裔部分家族成员，会同白雀园镇主要领导聚集在白雀园红军广场，首次举行纪念红军烈士曹官记诞辰日活动：给红军像敬献花篮、参观明清古街曹官记的故居、在红二十五军军史大讲堂观看军史和曹官记的革命历史故事。

这之后，在每年的元宵节、清明节，以及属于曹官记烈士唯一的单独纪念生日，烈士后代亲属代表们都会从四面八方不约而同地汇聚到白雀园红军广场，给红军像献花鞠躬，讲述前辈的英雄故事。经常有政府、社团组织和游客来此参观打卡留影，红军广场已成为白雀园广大人民群众进行爱国主义教育的场所。

为了更好地利用红色资源、发扬红色传统、传承红色基因，2021年10月6日，纪念红军烈士曹官记诞辰117周年暨曹官记故居揭牌仪式，在白雀园明清街故居前隆重举行。

济南军区联勤部原政委曹学德少将、时任信阳鄂豫皖革命纪念馆馆长吴世儒、光山县人大常委会主任杨光平、光山县人民政府副县长兼公安局局长彭辉等领导到会，鄂豫两地红军后代、曹官记烈士亲属代表、军史作家和长江日报社记者等上百人参加仪式活动。

仪式开始前，一行人向矗立在红军广场的曹官记烈士像敬献花篮，深情三鞠躬并绕场一周，表达了对曹官记烈士的无限哀思和缅怀之情。

该活动由河南省光山县白雀园镇和湖北红军精神研究会主办、光山县曹氏文化研究会协办，仪式由时任白雀园镇党委副书记、镇长岑文煌主持。

首先由白雀园镇党委书记付科奎真诚致辞："青山有幸埋忠骨，露河含笑纳忠魂。在曹官记烈士诞辰117年之日，在充满红色记忆的白雀园镇明清古街举行曹官记故居揭牌仪式，既是把先辈们的英雄故事讲给大家听，讲给年轻一代听，激励人们坚定不移跟党走，为实现美好生活而奋斗，也是老区人民传承红色基因、继承先辈遗志、发扬革命精神的重要体现，传承以曹官记烈士为代表的牺牲精神、奉献精神，激励世世代代白雀园人民。今后，我们一定脚踏红色热土，手握前进方向，扛好肩上责任，用实际行动回报英烈。"

共和国是红色的，铭记英雄、崇尚英雄、学习英雄、捍卫英雄，理想之光不灭，信念之光不灭。大家纷纷表示，要以此次揭牌仪式为契机，进一步弘扬"坚守信念、胸怀全局、团结奋进、勇当前锋"的大别山精神，将爱国之情、报国之志转化为实际行动，为实现"两个更好"、振兴老区发展贡献智慧和力量。

红军烈士曹官记嫡孙曹荣生满怀深情发言："红军烈士曹官记的故居，在具有数百年的明清古街上，历经风雨保存至今。红军爷爷年仅29岁就英勇就义，他的牺牲，铸就了民族的不屈脊梁，是国家最闪亮的坐标，是我家族世代的荣耀。爷爷不屈的身影，化成了不朽的光，唯有铭记英烈的遗志，才能开创更美好的未来。"

"爷爷曾在1933年上半年回家一次，短暂安抚了奶奶和3个几岁的孩子，这是他与故居最后的决别。据上一代人回忆，爷爷回白雀园时曾交给亲戚一个包裹，里面有非常重要的证件，因担心国民党反动派到家里搜查，再三叮嘱亲戚要保存好。很可惜，爷爷的这些证件，至今仍下落不明。烈士故居在房产交接中，得到了众多亲戚、曹氏家族、邻居的支持，我们终于实现了夙愿。烈士故居，由于历史原因面积有所减少，只剩下前面的门面房，但仍能为今后的红色传承、红色旅游发挥应有作用。"

光山曹氏文化研究会会长曹永明无限深情发言："曹官记作为红军烈士，既是老区大别山的骄傲和自豪，同时他作为光山曹氏宗亲的杰出代表，更是我们光山曹家的骄傲和自豪！我们将永远铭记曹官记烈士不畏艰险、不怕牺牲、勇于奉献的革命精神，永远怀念那些百折不挠、前赴后继、英勇牺牲的革命先烈们！我们光山曹氏宗亲决心以"曹官记故居"揭牌仪式为契机，进一步弘扬"坚守信念、胸怀全局、团结奋进、勇当前锋"的大别山精神，弘扬和传承以曹官记烈士为代表的奉献精神、牺牲精神和良好的曹氏家风，教育、引领曹氏宗亲和曹家后辈吃水不忘挖井人，挥泪继承烈士遗志，不忘初心，砥砺奋进，艰苦创业，奋发有为，努力把这块用烈士鲜血染红的土地建设成为更加富强、更加和谐、更加出彩的美好家园，以告慰先烈们的在天之灵！"

中国工农红军第二十五军征战纪实《虎贲之师》的军史作家张学华触景生情讲道："我在创作中，深感这支党领导的人民军队，是在武装斗争中诞生、在浴血奋战中成长、在强敌重压下百炼成钢。他们攻无不克、战无不胜、所向披靡、以一当十，创造出以劣势力量战胜优势力量的战争奇迹，用胜利改变历史的进程，成长为中国军事舞台乃至世界军事舞台上的一支劲旅。曹官记烈士就是出自这支英雄而神奇的部队。"

英烈忠魂始终影响着这支虎贲之师，在长征途中，这支部队孤军奋战、艰苦跋涉，创造了许多个第一：他们是长征途中第一支最年轻的红军，是第一支在长征途中创建的唯一一块鄂豫陕革命根据地的红军，是第一支以唯我其谁大无畏英雄主义气概孤军深入敌后迎接党中央的部队，是第一支在长征中率先到达陕北根据地的部队，是第一支在长征中有增无减的红军部队。其为中国革命建立了历史功绩，并赢得了特殊的功勋。

在曹官记烈士故居挂牌仪式之际，张学华有感而发，写了一首词《永遇乐·白雀园怀红军》，献给我们敬爱的党和中国工农红军的勇士们以及曹官记烈士：

斜阳正在，寻觅红军英雄踏处。
　　国共决裂，八七会议惊雷暴动怒。
　　土地革命，武装割据，翻身百万农奴。
　　想当年，天崩地裂，征战千里如虎。

　　长空万里，苏维埃红旗肩扛戟，黄沙百战，斩敌龙骧虎步。
　　"围剿"横出，残阳如血，鏖战擂金鼓。
　　长征苦战，围追堵截，二万五千长路。
　　试问君，英雄豪杰，决胜千古。

　　红四方面军总政委陈昌浩之孙陈奇月深有感触讲道："来到爷爷曾经生活战斗过的白雀园，看到了如此美丽的乡镇，了解到红军故乡人民精心打造的一处处景点、旧址、故居，心中无不欢欣鼓舞，这是传承的行动,这是信仰的力量。岁月走过80多年,红军已经远去，但他们留给我们'智勇坚定、排难创新、团结奋斗、不胜不休'的精神，必将在新的长征路中发扬光大。"

　　济南军区联勤部原政委曹学德少将代表部队官兵向所有支持、帮助恢复曹官记烈士故居的同志，致以崇高的敬意和衷心的感谢！他强调要充分利用红色资源、讲好英雄故事、传承红色基因、赓续红色血脉、躬身实践、奋楫前行，为富国强军，实现第二个百年宏伟目标的中国梦贡献力量。曹学德将军并为此次活动题词："英名传千古，浩气贯长虹。"

第十六章　不忘初心

104岁的老红军胡正先得知家乡举行如此活动，特委托湖北红军精神研究会和《长江日报》记者汤华明同志带来贺信。

最后，副县长彭辉代表光山县委、县政府强调："回想那段峥嵘岁月，深切缅怀革命先烈和英雄们，他们忠于理想、坚定信念，顽强不屈、信仰如磐，书写了撼天动地的壮丽诗篇。我们要向革命先烈致以崇高敬意，永远怀念他们、铭记他们，传承和赓续好红色基因、红色血脉。要坚定理想信念，弘扬伟大建党精神，坚持用新时代党的创新理论坚守理想、坚定信念、指导实践、推动工作，团结奋斗走好新时代的长征路，奋力谱写全面建设光山瑰丽新篇章。"

这次活动得到了主流媒体全方位、多角度的报道，也引得大批旅游者踊跃前往，当他们踏入这片红色的土地时，仿佛步入了一个充满英雄事迹和崇高理想的世界。

在建党100周年之际，由湖北红军精神研究会编辑出版，老红军胡正先和徐向前元帅之子徐小岩中将题写书名的《我家的红军故事》中，收录了曹荣生所著的《永恒的红军爷爷——曹官记》和孔德福、陈萍夫妇合著的《追忆姑父曹官记》两篇文章，让红军烈士曹官记的历史纪实故事，成为其中开展"不忘初心、牢记使命"红色传统教育的重要读本。

2023年2月3日（农历正月十三），由光山县文化广电和旅游局与白雀园镇政府联合主办的"光山县首届传统文化·送灯节活动"在白雀园红军广场隆重举行。

光山县委常委、政法委书记连勇，信阳市文化广电和旅游局非遗科科长王清丰，光山县文化广电和旅游局局长裴仁和与副局长彭锦玲、郑术荣，白雀园镇党委书记付科奎、镇长李刚等领导出席送灯节活动。

在送灯节仪式上，白雀园镇民俗文化代表人邓义海宣读送灯祭文，参加活动的领导移步至曹官记烈士塑像前，与60名小学生一起为曹官记烈士上灯、亮灯。随后一行人来到白雀园殉难烈士纪念碑，为长眠在白雀园镇的革命烈士送灯。现场群众还自发到纪念碑下方的白露河畔，送放河灯数千盏。一盏盏明灯，一份份真情，让烈士们看到回家的路，看到他们用生命守护的美丽家园。

2023年年初，政府出资对曹官记故居修葺一新，不久将会对外开放，生动讲述好以红色故事为代表的历史故事、文化故事、革命故事、当代故事，为爱国主义教育基地的历史文化注入新的内容。

为了让烈士后代和曹氏宗族永远牢记曹官记烈士的事迹，在《曹氏宗谱》和《曹氏家谱》不同版本的家书中，先祖曹官记都有记载。

由河南省光山县曹氏文化研究会出版的《江淮曹家》，更是以曹官记英烈为荣，连续不断研讨、整理、挖掘、报道，激励曹氏宗亲永远听党话、感党恩、跟党走。

在这片神州大地上，仍有一支英雄的部队。它就是"虎贲之师"的红二十五军老部队，是曹官记参与创建和战斗过的光荣军队，现改编为驻扎在黑龙江大庆的红军团，即一一五师三四三团。该部队部分团营连的建制是20世纪30年代初红军在光山县组建的，官兵们对光山老区有着深厚的情缘，操场上仍保留着许多光山的历史印迹。由著名作曲家铁源创作词曲的《红军团团歌》，早已唱响在军营内外、祖国的大江南北：

第十六章　不忘初心

诞生在光山县，
成长在鄂豫皖，
我们是所向无敌的红军团。
攻克直罗镇，
首战平型关，
红旗插天津，
威夺老秃山，
光辉路程千万里，
英雄美名四海传，
嘿！
英雄美名四海传！
镇守在边防线，
练兵在渤海湾，
我们是百炼成钢的红军团。
跟党搞"四化"，
为民作奉献，
抗震立奇功，
共建谱新篇，
阔步奔向现代化，
红军团队永向前，
嘿！
红军团队永向前！

他们时刻守卫着祖国的领土、保卫着人民的安宁，用实际行动证明他们是人民的钢铁长城。让我们共同肩负起建设美丽中国的责任，为实现中华民族伟大复兴而奋斗！

主要参考资料

［1］《中国工农红军第二十五军战史》编辑委员会编:《中国工农红军第二十五军战史》,解放军出版社1985年版。

［2］《中国工农红军第二十五军战史》编审委员会编:《中国工农红军第二十五军战史》,解放军出版社1989年版。

［3］《中国工农红军第二十五军战史》编审委员会编:《中国工农红军第二十五军战史资料选编》,解放军出版社1990年版。

［4］《中国工农红军第四方面军战史》编委会:《中国工农红军第四方面军战史》,解放军出版社1989年版。

［5］张麟:《徐海东将军传》,解放军文艺出版社1982年版。

［6］中共商城县委会编:《大别山烽火》,河南人民出版社1981年版。

［7］徐向前:《历史的回顾》,解放军出版社1988年版。

［8］台运行编:《鄂豫皖红军史话》,安徽人民出版社1989年版。

［9］全国政协文史和学习委员会编:《"围剿"边区革命根据地亲历记》,中国文史出版社2018年版。

［10］张正隆:《战将韩先楚》,重庆出版社2010年版。

［11］刘震:《刘震回忆录》,解放军出版社1990年版。

［12］陈先瑞：《陈先瑞回忆录》，解放军出版社1999年版。

［13］刘华清：《刘华清回忆录》，解放军出版社2004年版。

［14］王雪晨主编：《虎将雄风》，解放军出版社2005年版。

［15］李庆丰：《跨越硝烟与鲜花：记老红军战士万海峰上将》，解放军出版社1997年版。

［16］孙俊杰：《红二十五军军魂吴焕先》，郑州大学出版社2011年版。

［17］敬敬、陈泽华：《快马加鞭未下鞍：铁血战将郑维山的传奇人生》，人民出版社2014年版。

［18］王胜杰、赵庆领、徐晖：《红色先锋：红二十五军长征珍闻录》，未来出版社2017年版。

［19］刘波、杜福增：《红色艄队：红四方面军长征珍闻录》，未来出版社2017年版。

［20］张学华：《万山红遍》，武汉出版社2016年版。

［21］张学华：《虎贲之师》，长征出版社2017年版。

［22］张春香主编：《鄂豫皖革命纪念馆》（珍藏本），中国文化出版社2009年版。

［23］黄振国、程家煊主编：《中共光山县党史大事记》，河南大学出版社1993年版。

［24］光山县史志编纂委员会编：《光山县志》，中州古籍出版社1991年版。

［25］《红色花山寨》编委会编：《红色花山寨》，河南人民出版社2014年版。

［26］中共汉川市委员会：《王平章传》，中央文献出版社2021年版。

［27］ 光山县老区建设促进会编:《光山县革命老区发展史》,河南人民出版社2021年版。

［28］ 光山县老区建设促进会编:《红色光山·革命遗址篇》,中州古籍出版社2023年版。

［29］ 吴世儒主编:《北上先锋》,内部资料,2016年。

［30］ 河南省光山县委党史工作委员会、河南省光山县民政局编:《光山英烈》,内部资料,1989年。

［31］ 中共光山县委党史资料征编委员会编:《光山党史资料》,内部资料,1986年。

［32］ 光山县民政局民政志编辑室编:《光山县民政志》,内部资料,1987年。

［33］ 曹氏宗谱续编委员会:《曹氏宗谱》,内部资料,2006年。

［34］ 信阳曹氏家族合谱委员会编:《曹氏家谱》,内部资料,2009年。

［35］ 曹氏白雀支系环山堂补续家谱理事会编:《曹氏家谱》,内部资料,2012年。

后 记

2018年5月5日，在武汉和平科技集团属下的江夏和平农庄礼堂，由湖北省军史作家张学华创作的《虎贲之师》首发式在此举行。在全国部分中国工农红军第二十五军后裔和湖北省老领导、老同志以及武汉"八一"校友会成员、湖北省河南商会等1000余人的共同见证下，该书正式出版发行。

我有幸参加此次活动并获得《虎贲之师》书籍。该书较为完整地叙述了中国工农红军第二十五军艰苦卓绝的奋战史。捧读之时，我时而心潮起伏，时而眼睛湿润，因为我的爷爷就是该英雄部队的一名优秀的红军团长和光荣的革命烈士。

我心里那段尘封已久的记忆又被打开，爷爷与亲人生离死别虽已久远，但红色血脉随即喷涌而出。在查阅爷爷曹官记有限的历史资料时，我萌发了挖掘和查找红军爷爷真实历史故事的想法。讲好中国故事，传播好中国声音，是时代赋予我们的责任和担当。展现可信、可敬、真实、立体、熠熠生辉的英雄形象，这一想法愈演愈烈。

父亲曹明厚于1965年2月写下了《从过春节想起的》文稿；1985年胡传志在《光山英烈》中首次刊登了《功绩不朽 浩气长存——记红军团长曹官记》的文章；2018年11月，王刚、徐波开始重新撰写《铁骨柔情曹官记》第一稿，并于2019年3月麻城《西陵文圃》发表了《在麻城英勇就义的铁骨英雄曹官记》；2019年6月29日，由武汉市光山商会编辑的特刊《长缨铸军魂　英烈耀河山》第二稿，在白雀园红军广场揭牌仪式上传阅；2020年10月6日，在白雀园红二十五军军史大讲堂举行赠书仪式，发放了《铁骨忠魂耀河山》第三稿，在内部发行，广泛征求意见。

经过最近几年的红色追寻，查阅大量红色相关书籍，本人利用工作之余走遍鄂、豫、皖三省的大别山革命纪念馆、战斗遗址和全国部分知名红色景区，多次联络居住在各地的烈士后裔亲属，并通过与湖北红军精神研究会和全国部分"红二、三代"同志们的交流学习，使红军爷爷的历史纪实材料不断得到积累和充实。

近几年，我为此多次组织家庭主要成员聚会和社会纪念活动，得到了各级政府领导的大力支持，也得到烈士后裔大家庭成员、光山曹氏文化研究会等的积极响应，尤其是百岁大姑妈曹明赋和九旬母亲程昭辉，以及远在郑州疾病缠身的表叔孔德福、表姐刘明秀等均能如约到达现场参会，无不体现国家对烈士的重视和红色大家庭的团结精神。

2024年是烈士曹官记诞辰120周年，在中华人民共和国成立75周年之际，为了纪念这段红色的历史，铭记历史的伟大和无数革命先烈们的丰功伟绩，特邀军史作家张学华和我一道深入创作一线。我们观看当地展览馆、纪念馆、纪念碑、烈士陵园等处的实物、史料、照片、油画、场景、微电影、沙盘模型等，考察鄂豫皖苏区一系列重大事件、重要战役、重要会议的发生地等，寻访历史遗迹、革命遗址、名山大川以及当地的口碑传闻等，阅读大量敌我双方的史书、史志、史料以及别史、杂史、史钞、传记、方志、回忆录等。在这

后 记

一过程中，由表及里、去伪存真，完成了这部著作。

在编撰过程中，收集历史资料和相关书稿的来源如下：曹官记烈士儿子曹明厚历史遗稿《从过春节想起的》，还原孔令青去世时的悲惨景象；烈士侄儿孔德福、陈萍夫妇的《追忆姑父曹官记》文；河南省光山县史志研究室徐波、王刚同志积极多方查找党史资料，王刚主笔起草《铁骨柔情曹官记》文；湖北省麻城市党史办曾锋、政府办李刚《曹官记烈士在麻城牺牲情况的分析》文。曹官记烈士长女曹明赋口述录音，还原曹官记许多鲜为人知的历史真相；烈士外甥胡伟、烈士外孙孙国宗和孙林、烈士外孙女刘明秀提供材料；烈士长孙曹振国、烈士孙女曹敏琳积极协调推进活动开展；光山县白雀园镇原党委书记陈新同志，积极提供当地素材并给予修改建议；河南理工大学光山籍学者程昭斌教授帮助指导并配诗；《长江日报》高级记者汤华明为此给予多次深度报道；沈阳军区原司令员刘精松上将、红二十五军军长程子华之女林爽爽、河南省人大常委会原副主任李中央为本书题字；还特邀河南省民政厅老领导李玉德，倾心指导并题写《铁血忠魂曹官记》书名。尤其是邀请徐向前元帅之子徐小岩中将，在百忙之中为本书作序、为烈士题词。在此，我向以上参与人员表示衷心的感谢！

这是一本沉甸甸的、迟来的历史书籍，没想到前后两代人为它竟然用了近60年光阴。尽管如此，由于时间久远，难免有不妥之处，恳请专家、学者和读者指正。

曹荣生　敬上
2024 年 8 月